판타지 소설

NTASTIC STORY

KB114616

리어

*Warrior*

# 워리어 ㅁ

## 이모탈 퓨전 판타지 소설

초판 1쇄 찍은 날 § 2015년 5월 22일
초판 1쇄 펴낸 날 § 2015년 5월 29일

지은이 § 이모탈
펴낸이 § 서경석

편집책임 § 김현미

펴낸곳 § 도서출판 청어람
등록번호 § 제387-1999-000006호
등록일자 § 1999. 5. 31
어람번호 § 제1-2136호

주소 § 경기도 부천시 원미구 부일로 483번길 40 서경B/D 3F (우) 420-822
전화 § 032-656-4452  팩스 § 032-656-4453
http://www.chungeoram.net
E-mail § chungeorambook@daum.net

ⓒ 이모탈, 2014

ISBN 979-11-04-90251-2 04810
ISBN 979-11-316-9239-4 (세트)

이모탈 퓨전 판타지 소설

FUSION FANTASTIC STORY

9

워리어

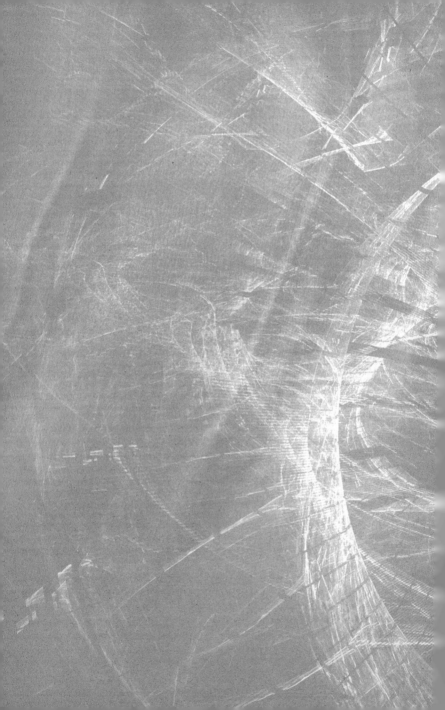

# Warrior
워리어

## CONTENTS

| | | |
|---|---|---|
| 제1장 | 그들의 선택 | 7 |
| 제2장 | 변화 | 47 |
| 제3장 | 폭풍 속으로 | 83 |
| 제4장 | 역습 | 121 |
| 제5장 | 그들은 나에게 있어 전설이었다 | 159 |
| 제6장 | 죽음의 서 | 197 |
| 제7장 | 형제 | 233 |
| 제8장 | 나는 승리한다 | 271 |

# 제1장

그들의 선택

*Warrior*

콰아앙!

"제기랄!"

카테인 왕국의 마샬 후작이 거칠게 집무실 탁자를 내려치며 외쳤다.

그가 있는 이곳은 카테인 국왕의 집무실이었다. 그곳을 마치 자신의 집무실인 양 차지하고 있었다.

마샬 후작은 주먹을 꽉 움켜쥐고 전신을 부들부들 떨었다.

모든 것이 계획대로 진행되고 있었다.

그놈. 카이론 에라크루네스라는 놈이 나타나기 전까지는

말이다. 그는 이를 부드득 갈았다.

카테인 왕국의 모든 것을 장악했다고 생각했다. 국왕이 자신의 손아귀에 있는 한 모든 명분은 자신에게 있었다.

하지만 이제 자신에게 남은 것은 말라비틀어진 국왕의 시체와 사용 인장밖에 없었다.

정국을 주도하는데 아무짝에도 쓸모없는 전대 국왕의 시체와 사용 인장 말이다.

카테인 왕국의 상징이라 할 수 있는 국새와 당대의 국왕임을 증명하는 3대 지보, 그리고 왕국을 지탱하는 세 개의 가문조차도 그에게 넘어갔다.

특히, 개국 3대 공신 가문은 타격이 가장 컸다. 왜냐하면 그들은 카테인 왕국의 정신적인 지주들이었기 때문이었다.

그들의 지지가 없으면 카테인 왕국은 성립될 수 없었다. 그래서 3대 가문을 멸문시키는데 가장 큰 힘을 기울였다.

가장 먼저 현자의 가문을, 다음에는 왕국의 방패를, 다음에는 왕국의 검이라 불리는 가문을 차례대로 멸문시키려 했다. 그런데, 그 세 가문 중 단 한 가문도 완벽하게 멸문되지 않았다.

그들의 후손들은 여전히 살아남아 카이론 에라크루네스를 카테인 왕국의 국왕으로 지지하고 나섰다.

말라비틀어져 죽어가고 있던 카테인 왕국이 기사회생했

다. 나파즈 왕국에게 절대의 공포를 안겨준 죽음의 장벽에서 다시 살아나고 있었다.

카이론이 28대 국왕에 등극했고, 상상도 못한 방법으로 카테인 왕국 전체에 새로운 왕이 탄생했음을 알리고 있었다.

'마법을 그렇게 사용할 줄이야…….'

생각지도 못한 방법이었다. 어느 누가 마법 영상으로 새로운 왕의 탄생을 알리려 할 것인가? 그리고 어떻게 침투시켰는지 모르지만 현재 내전을 치르고 있는 세 개 세력의 모든 영역에서 공고문이 쓰레기처럼 날리고 있었다.

글을 읽을 줄 아는 이라면 아주 외울 정도로 널리고 널렸다. 통행을 금지시키고, 모든 공고문을 떼서 불살라 없애 버려도 다음 날이면 다시 산더미처럼 쌓였다. 이제는 글을 읽을 줄 모르는 이들도 모두 안다.

새로운 국왕이 탄생했고, 자신이 나파즈 왕국의 삼왕자라는 것을 말이다.

자신을 지지하던 세력들이 이탈하기 시작했다.

그에 마샬 후작은 그들을 겁박하기 시작했다. 나파즈 왕국의 삼왕자인 자신을 도왔다는 꼬리표는 평생을 따라 다닐 것이라고 말이다.

그런 겁박이 통하지 않는 자에게는 무력시위를 벌였다. 말을 듣지 않는다면 어떻게 되는지 확실하게 보여주기 위해서였다. 이른바 공포 정치를 실시한 것이다.

명을 따르지 않으면 삼족을 멸하고 조금이라도 반란의 기미가 보이면 무덤까지 파 구족을 멸했다.

그 누구도 자신의 앞에서 고개를 들 수 없게 했다. 하지만 그 스스로 너무나도 잘 안다. 이런 공포 정치는 오래갈 수 없다는 것과 결코 자국에 이롭지 못하다는 것을 말이다.

그래서 고민이다. 어찌해야 한단 말인가? 어찌해야 할 것인가? 도무지 답이 안 나왔다. 그리고 고민 끝에 나온 것은 바로 연합밖에 없었다. 자신은 물론이고 그들 역시 막다른 벼랑 끝에 몰린 것은 마찬가지였으니까.

물론, 자신이 나파즈 왕국의 삼왕자임을 알고도 연합을 할지는 모를 일이다. 하지만 한 가지 분명한 것은 그들 역시 선택의 여지가 없다는 것이다.

중요한 것은 그들과 협상을 하면서 무엇을 주고 무엇을 받아내느냐에 있을 뿐이었다.

그런데 자신의 신분이 밝혀지면서 그 협상에 있어서 상당히 불리한 입장에 처할 수밖에 없었다. 카테인 왕국 전체를 자국의 휘하에 두기는 어려울 것 같고 아무래도 세 개의 지역으로 분할해야 하지 않을까 싶었다.

그리고 또 하나.

군부의 세력이 문제였다. 그들은 저 탐욕스러운 하인스 제국의 지원을 받고 있었다.

하인스 제국과 카테인 왕국은 바로 붙어 있지는 않다. 그 사이에 바이큰 족이 넓은 평원을 점유하고 있었기 때문이었다.

하지만 바이큰 족은 수없이 많은 부족으로 나눠져 있어 실제 왕국이라 하기는 어려웠다. 그런데 최근에는 그들이 카테인 왕국과 휴전을 하면서 왕국으로 발돋움할 준비를 하고 있었다.

그에 하인스 제국은 그들을 앞뒤로 압박하기 위해서 카테인 왕국이 반드시 필요했다. 그래서 자국의 내전도 아닌 타국의 내전에 수만이라는 병력을 보내 원조를 하고 있는 것이었다. 자신들의 속국으로 만들기 위해서 말이다.

일반적인 군부 세력이라면 그리 큰 문제가 아니지만 하인스 제국을 등에 업은 군부 세력이라면 얘기가 달라진다.

아무래도 나파즈 왕국이 왕국 중에 으뜸이라고는 하지만 아직은 왕국이었다. 제국이 아니란 말이다.

제국이란 일정 이상의 백성과 영토 그리고 무력이 균형을 이뤄야만 가능한 것이다. 영토가 넓다거나 백성의 수가 많다고 해서 제국이 될 수 있는 것은 절대 아니었다.

마샬 후작이 평가하기에 자국은 영토가 모자랐다. 백성과 무력은 충분했다.

영토가 부족하다는 것은 즉, 이 시대 경제력의 척도라 할 수 있는 식량의 자체적인 수급이 어렵다는 말이다.

때문에 자국이 제국으로 발돋움하기 위해서는 카테인 왕국의 흡수가 절대적이었다. 그러기 위해서 무려 30년이라는 길고 긴 시간을 허비했던 것이다. 그런데 그것이 완성되기 직전 모든 것이 수포로 돌아갔다.

답답함이 몰려들었다. 그때 집무실의 문을 열고 시종장이 들어왔다.

전에 있던 시종장은 이미 목이 달아난 지 오래. 지금의 시종장은 그가 직접 인선한 시종장이었다. 시종장은 무표정하게 그에게 온 서신을 내려놓았다.

먀샬 후작 역시 무표정하게 내려놓은 서신을 읽어 내렸다. 서신을 읽은 먀샬 후작은 깊은 생각에 잠겼다.

"만나자라……."

톡! 톡! 톡!

책상 위로 올린 손가락으로 책상을 톡톡 두드리던 먀샬 후작이 슬며시 미소를 떠올렸다.

"그래, 그렇군. 나나 저들이나 무언가를 선택해야 할 시간이로군."

그랬다. 선택을 해야 했다. 혼자 선택하기에는 명분이 없기에 셋이 뭉쳐 선택을 해야만 했다. 두 사람이 한 사람을 바보로 만드는 것은 어렵지 않으니까 말이다.

"기회로군."

자신이 아닌 군부 쪽에서 먼저 만남을 주선하고 있었다. 아마 귀족파 쪽으로도 이런 서신이 갔을 것이다.

일단은 이 서신으로 자신이 우세한 위치를 점했다. 좋은 일로 먼저 청한다면 청한 쪽이 주된 입장이겠지만 지금과 같은 상황에서 먼저 청한다면 그것은 그쪽이 더 다급하다는 것을 의미하니까.

*　　　*　　　*

"결국 이렇게 되는군."

"죄송합니다."

"페르그노 백작이 사죄할 일은 아니지."

귀족파의 대표인 르위스 공작과 시그리드 르위스 삼왕자 그리고 페르그노 백작과 힐데만 백작, 마지막으로 에라크루네스 백작이 자리하고 있었다. 귀족파를 이끌어나가는 실세들이 모여 있다고 할 수 있었다.

특히 이들 중 에라크루네스 백작의 안색은 가히 보기 좋지 않았다. 왜 그렇지 않겠는가? 두 아들 중 한 아들은 반대파의 수장이었고 한 명은 아주 병신이 다 되서 돌아왔다.

권력은 잡았지만 집안은 풍비박산이 되었다. 지금의 상황이 결코 자신의 의향대로 돌아가는 것은 아니었다.

'쯧! 카이론을 선택했어야 했던가?'

카이론과 수아레스.

자신은 수아레스를 선택했다. 가문을 안정화하기 위해 의도적으로 본처를 버렸고, 장남을 차남으로 내렸다. 그리고 수아레스가 카이론을 죽이려 할 때에도 의도적으로 묵과했다.

귀족 가문에서 후계를 위해 피를 흘리는 것이 어제오늘의 일이 아니었으니 말이다. 당시에는 자신의 선택이 옳았다고 생각했다. 어느 정도 성과가 있었기 때문이었다. 자신은 최상급에 올랐고, 자식은 백작 가문을 이었으며 북부의 유력한 귀족이 되었다.

거기에 힐데만 백작의 후광까지 업었으니 얼마나 힘이 강대할까?

그런데 죽었을 것이라고 생각했던 카이론이 나타나며 모든 일이 틀어져 버렸다. 계획대로라면 자신은 마스터에 올라야 했고, 자식은 북부에서 힐데만 백작을 압도했어야 했다.

그런데 자신은 마스터의 목전에서 모습을 드러내야 했고, 자식은 병신이 되어 오늘내일 하고 있었다.

'내가 방심했던 모양이군. 재상을… 너무 믿었어.'

갑작스러운 그의 회복과 무력의 상승을 어떻게 설명할 수 있을까?

지금껏 그 누구에게도 밝히지 않았던 그만의 비밀.

그것은 바로 재상과의 은밀한 거래였다.

재상에게 받은 것은 흑마법사들의 전유물이라 할 수 있는 키메라 비술. 그리고 자신이 제공할 것은 그가 필요하다고 할 때 딱 세 번의 청을 수행하는 것이었다. 어렵지 않았다. 어차피 그 당시 자신은 절박했으니 말이다.

그리고 자신은 지난 15년간 착실하게 키메라 술법을 수행했고, 수아레스에게도 암암리에 그 술법을 전했다.

물론, 수아레스는 그것을 모른다. 그나마 지금 수아레스가 목숨이 붙어 있는 것도 자신이 암암리에 전한 술법 덕택이라 할 수 있었다.

에라크루네스 백작은 자신이 점점 변해가고 있음을 알고 있었다. 원래의 나약하고 우유부단한 성정은 온데간데없었다.

냉정하고 잔인해졌다. 하지만 그는 그것을 나쁘게 생각하지 않았다. 귀족으로서 살아남으려 한다면 당연했다.

그동안 자신은 너무 무기력했다. 하지만 이제는 아니다. 강력한 힘을 손에 쥐었다. 절대 이 힘을 버릴 생각은 없었다. 다시는 나약해지기 싫었으니까.

지금도 마찬가지다. 사람들은 자신을 질시한다. 놀라기도

하고. 결코 좋은 반응은 아니었다.

하지만 자신은 이것이 자신에 대한 부러움의 표현이라고 생각했다. 이들은 지금 자신을 부러워하고 있는 것이었다. 강해진 자신을 말이다.

그렇기에 에라크루네스 백작은 허리를 꼿꼿하게 세우고 오만하게 이 자리에 앉아 있을 수 있었다.

"어떻게 했으면 좋겠나?"

"양립할 수 없는 상황이지 않겠습니까?"

르위스 공작의 말에 에라크루네스 백작이 말을 했다. 그에 모두의 시선이 그에게로 향한다. 귀족파에 새롭게 등장한 신흥 세력이지만 그를 모르는 자는 없었다. 그의 곁에 있는 힐데만 백작을 압도할 정도의 무력을 가졌으니 말이다.

"방법이 있나?"

르위스 공작이 물었다. 그에 에라크루네스 백작은 고개를 주억거리며 조용하게 입을 열었다.

"연합을 해야 하지 않겠습니까?"

"연합? 연합이라……."

말을 흐리며 르위스 공작이 페르그노 백작을 쳐다보았다. 그에 페르그노 백작이 그 말이 타당하다는 듯이 고개를 끄덕이며 입을 열었다.

"여기에서 물러나면 아무것도 할 수 없습니다. 숙이라고 한다하여 숙인다면 처음 거사를 일으킨 명분마저 없어질 뿐입니다."

"그래… 그렇군."

르위스 공작은 힘없이 고개를 끄덕였다.

그의 형이 죽었다. 평생 동안 이를 갈며 복수를 다짐했던 그의 형이었다. 그런데 그 형이 없어지자 갑자기 허망함이 물밀듯이 몰려왔다.

아무것도 하기 싫었다.

속으로는 죽은 형을 병신이라고 욕하기도 했다. 그깟 재상 놈 하나 제대로 어떻게 하지 못해 죽임을 당하다니. 그놈이 나파즈 왕국의 왕자임을 모르다니.

도대체 자신을 밀어내고 국왕의 좌에 오른 그 패기와 명석함은 어디 갔단 말인가?

그의 형은 자신의 일생의 목표였다. 그런데 그 목표가 일순간에 사라져 버렸다. 그러니 당연히 의욕이 없어질 수밖에 없었다.

자신의 형은 그렇게 죽어서는 안 됐다. 죽더라도 자신의 발치 아래에서 자신의 손에 죽었어야 했다.

"마음을 다잡으시길. 국왕 전하를 시해한 재상의 목줄을 움켜쥐셔야 하지 않겠습니까?"

에라크루네스 백작이 입을 열었다. 불과 몇 달 전까지만 해도 병약하여 오늘내일 하던 사람이라고는 믿기지 않을 만큼 정정했다. 아니 정정함을 넘어 대국을 보는 날카로움까지 겸비하고 있었다.

'어찌 이런 인물이……'

에라크루네스 백작은 처음부터 끝까지 의심스러운 사람이었다. 장장 15년 동안 사람의 이목을 속인 것도 그렇고, 과거와는 완벽하게 달라진 모습 역시 그러했다. 자신이 알고 있는, 힐데만 백작에게 들었던 그런 에라크루네스 백작이 아니었다.

하지만 지금 이 순간 그의 마음을 가장 잘 헤아리고 있는 자 또한 에라크루네스 백작이었다.

지금의 자신의 상태를 너무나도 정확하게 파악하고 있었다. 감탄을 넘어서 무서울 정도였다. 그 오랜 시간 동안의 인내 때문일까?

보통의 귀족이라면 절대 그리할 수 없을 것이다. 자식이 사경을 헤메고 있음에도 그는 일말의 흔들림도 없었다. 모르는 이가 봤더라면 아무런 일도 없는 것처럼 보였다.

"그래, 그렇군. 그래야 하겠지. 하면, 어디와 손을 잡아야 할까?"

그의 물음에 페르그노 백작이 입을 열었다.

"아무래도 군부와 손을 잡아야 하지 않겠습니까?"

"군부라……."

군부라는 말이 나오자 르위스 공작이 고개를 주억였다.

그렇기도 했다. 아무래도 정세 상 재상 쪽은 어려웠다. 그는 나파즈 왕국의 왕자니까 말이다. 그렇다면 남은 것은 군부라 할 수 있었다.

"저의 생각은 조금 다릅니다."

"다르다?"

"그렇습니다."

"듣고 싶군."

에라크루네스 백작은 반대 의견을 내놓고 있었다. 그에 페르그노 백작의 얼굴이 살짝 일그러졌다. 그것은 힐데만 백작 역시 마찬가지였다. 그것을 아는지 모르는지 에라크루네스 백작은 자신의 의견을 피력했다.

"당장에는 군부 쪽이 맞겠으나 장기적으로 본다면 재상 쪽이어야 한다고 생각합니다."

"장기적이라……."

"그렇습니다. 이 내전이 끝나고 삼왕자 전하께옵서 권좌에 오르신다면 과연 군부의 뒤를 밀고 있는 하인스 제국의 압력을 이겨낼 수 있을 것이라 판단하시는지?"

"그……."

하지만 에라크루네스 백작의 말이 맞았다. 왜냐하면 카테인 왕국이 하나가 된다고 했을 때 결코 하인스 제국은 어찌할 수 있는 상대가 아닌 반면 나파즈 왕국은 그래도 일전을 벌여볼 만한 상대였기 때문이었다.

그러한 면에서 에라크루네스 백작의 말은 지극히 객관적이었다. 때로는 멀리 있는 법보다는 가까이 있는 주먹이 더 무서운 법이다.

에라크루네스 백작은 바로 그 점을 부각시키고 있었다. 지금 당장은 제국이 문제가 아니라 바로 곁에서 호시탐탐 노리고 있는 나파즈 왕국이 문제라는 것이다.

지금은 내전을 겪고있고 어떠한 명분조차 없는 상황이기에 군을 물렸다고는 하지만 만약 나파즈 왕국의 삼왕자인 재상이 이번 내전 중에 죽는다면 어떻게 될까?

아들의 복수라는 명분을 내세워 카테인 왕국과의 전쟁을 일으킬 것이다. 그것을 감당할 수 있을까?

이미 오랜 내전으로 약해질대로 약해진 카테인 왕국은 그들을 막아낼 수 없을 것이다.

심지어는 바이큰 족이 휴전을 무시하고 공격해 들어온다면 그조차도 막아낼 수 있는 여력이 없을 테니까 말이다.

지금 에라크루네스 백작은 적당한 이유를 들어 페르그노 백작에게 싸움을 걸고 있는 것이었다. 이 싸움을 받아내지 못하면 그의 입지는 줄어들 것이고, 에라크루네스 백작의 입지는 점점 더 탄탄해질 것이다.

하지만 페르그노 백작은 그와 맞설 수 없었다. 지금 그를 누르면 귀족파의 중요한 전력이 빠져나갈 수 있기 때문이었다. 그것을 알기에 페르그노 백작은 그저 얼굴을 딱딱하게 굳힌 채 손바닥이 새하얘지도록 주먹을 말아 쥘 수밖에 없었다.

"군부 쪽에서 삼자 회담을 제의했다고 하더군."

"그것은 그것대로 참여하고, 재상 쪽과는 따로 협약을 맺어야 할 것입니다."

"어떤?"

"남부를 치고, 셋이 남았을 때 군부를 치고 자웅을 겨루자는 협약 말입니다."

"그렇군. 어차피 백중세인 세력. 셋이 연합해 하나를 무너뜨리고 둘이 연합해 하나를 무너뜨리고 마지막 자웅을 겨루자는 것이겠지."

"그렇습니다."

순서만 다를 뿐이었다. 재상 쪽과 손을 잡느냐 군부 쪽과 손을 잡느냐가 다를 뿐이었다. 결심이 늦어지면 늦어질수록 자신들에게는 불리하다. 회의를 하는 지금 이 순간에도 영지민들은 동요하고 있고, 쓸 만한 기사들의 이탈은 점점 늘고 있기 때문이었다.

"이번 초청에는 에라크루네스 백작과 함께하지. 페르그노 백작과 힐데만 백작은 이곳을 철통같이 지켜주었으면 좋겠군."

"명을 따릅니다."

명을 받기는 했지만 그 둘의 표정은 결코 좋지 않았다. 한 사람이 두 사람 몫을 하고 있다. 자신들은 자연스럽게 2순위로 밀려나고 있었다. 1순위, 최측근에서 밀려나고 있는 것이었다.

그들은 명을 받고 집무실을 벗어났고 힐데만 백작은 에라크루네스 백작을 불러 세웠다.

"잠시 이야기 좀 하세."

"알겠습니다."

에라크루네스 백작은 자신의 사위였다. 사위가 건강을 회복하고, 귀족파의 실세가 되었다면 기뻐해야 마땅했지만 지금 힐데만 백작은 그러지 못했다. 다름 아닌 사경을 헤매고 있는 손자 때문이었다.

"수아레스는 어찌할 생각인가?"

"살려야지요."

"살려? 방법은 있고?"

눈에 넣어도 아프지 않을 외손자였다. 그런 외손자가 저리 된 마당에 자신이 해줄 수 있는 방법이 없었다. 백방으로 알아봐도 상태를 호전시킬 방법은 없었다. 그런데 자신의 사위는 방법이 있다고 했다.

"그렇지 않아도 지금 그놈에게 가 볼 작정입니다."

"자네가 직접 말인가?"

"그렇습니다."

"무슨……."

"걱정하지 마십시오. 장인어른. 수아레스는 더 강인하게 태어날 겁니다."

"그랬으면 좋겠네만은……."

"저를 믿으십시오. 15년을 누워 있었고, 이제 장인어른과 비슷한 무력을 갖게 되었습니다. 이게 어떻게 가능했다고 생각하십니까?"

"그건……."

"저희 가문에 대대로 내려오는 비법이 있습니다. 수아레스는 장차 에라크루네스 가문을 이끌어야 할 장자. 반드시 정상으로 돌아올 겁니다."

힐데만 백작은 자신의 말을 끝내고 돌아서는 그의 모습을 멍하니 바라볼 뿐이었다.


\*       \*       \*


내전이 일어나면서 귀족파의 사령실을 에라크루네스 백작

가문으로 옮긴 상황이었기에 처소로 향하는 그의 발걸음은 거침이 없었다.

그가 처소로 발을 들이자 집사가 나와 그를 맞이했다.

"오셨습니까?"

"캐서린은?"

"여전하십니다."

"그렇군. 난 지하로 갈 것이네."

"혹시……."

"맞네."

"알겠습니다."

"그리고 조금 걸릴 수도 있네. 그동안 그 누구도 접근하지 못하도록 하게."

"알겠습니다."

집사에게 단단히 일러두고 에라크루네스 백작은 지하로 향하는 문을 열었다.

지하 특유의 음습한 무언가가 그를 덮쳤다. 하지만 에라크루네스 백작은 인상을 찌푸리기보다는 오히려 앞으로가 기대된다는 듯이 미소를 지으며 지하로 향하는 계단에 발을 내디뎠다.

끼이이익! 쿠우웅!

육중한 지하실의 문이 닫혔고, 약간의 시간 차를 두고 네 명의 기사와 열 명의 병사가 겹겹이 지하실의 문을 에워쌌다. 그 누구도 이 안으로 접근할 수 없다는 듯이 말이다.

에라크루네스 백작은 지하의 길고 긴 계단을 홀로 어둠을 밝히면서 내려갔다. 그리고 마침내 거대한 바위로 이뤄진 석문 앞에 섰고, 어느 부분을 건드려 석문을 열었다.

크그그극! 쿠웅!

돌이 갈리는 둔중한 소리를 내며 석문이 열렸다.

그 안에서는 기이한 바람이 불어나오며 에라크루네스 백작을 반갑게 맞이했다. 그에 에라크루네스 백작의 얼굴에 기이한 호선이 그려졌다.

그는 이내 어두컴컴한 석실 안으로 걸음을 옮겼고, 석문은 기다렸다는 듯이 닫혔다.

뚜벅! 뚜벅! 뚜벅!

석실의 중앙.

그곳에는 무릎 높이의 제단이 있었고, 그 제단 위에는 칠흑의 바위로 만들어진 욕조가 있었다.

그 욕조에서는 비릿한 향이 풍겨져 나오고 있었는데 가끔 찰랑이며 욕조 밖으로 넘치기도 했다.

그가 제단 위의 욕조에 가까이 갔을 때 욕조에 잠겨 있던 얼굴이 서서히 떠올랐다.

드러난 얼굴은 바로 수아레스였다. 서서히 떠오른 그의 얼굴은 마치 죽은 듯 창백했고, 고요하기만 했다. 그런 그를 바라보며 에라크루네스 백작이 나직하게 입을 열었다.

"눈을 떠."

그에 죽은 듯이 감겨졌던 그의 눈이 잘게 떨렸고 눈꺼풀이 위로 올라갔다.

그의 눈동자와 눈자위는 온통 검은색이었다. 도저히 인간의 눈동자라고 생각할 수 없는 모습이었다.

그런 아들의 모습을 보면서도 에라크루네스 백작은 무표정했다. 아니, 아주 당연하다는 듯한 표정을 하고 있었다.

그는 눈을 뜬 수아레스의 눈동자를 깊숙하게 들여다본 후 만족한 듯 입을 열었다.

"되었군. 흡수하라."

그에 수아레스의 창백한 입술이 꿈틀거렸다.

그와 함께 욕조안의 검붉은 액체에 소용돌이가 생겨나기 시작했다. 하나가 아니라 몇 개의 소용돌이가 생겼고, 아주 서서히 욕조를 채우고 있던 액체가 줄어들기 시작했다.

휘류류~

작은 소용돌이들이 하나로 합쳐져 마침내 수아레스를 중심으로 거대한 소용돌이가 형성될 즈음 검붉은 액체는 하나도 남김없이 그에게 흡수되었다. 그에 에라크루네스 백작은 자신의 옆구리에 있던 단검을 뽑아들었다.

그러고는 거침없이 수아레스의 심장을 찔렀다.

"큭!"

"아프더냐?"

눈을 번쩍 뜬 수아레스. 그의 눈동자와 눈자위는 여전히 검은색이었다. 에라크루네스 백작의 물음에 수아레스가 흰 이를 드러내며 웃음을 흘렸다.

"견딜 만합니다."

심장을 찔렀음에도 불구하고 수아레스는 아주 담담하게 견딜 만하다는 말을 했다.

인간이라면 이럴 수는 없었다. 하지만 수아레스나 에라크루네스 백작은 당연하다는 듯한 표정을 하고 있었다.

"일어나거라."

수아레스는 여전히 가슴에 단검을 꽂은 채였다. 그러한 그를 향해 일어나라니. 한데, 수아레스는 양팔을 들어 욕조를 잡더니 몸을 일으켜 세우고 있었다. 그의 전신은 백색으로 이루어진 대리석과 같았다.

욕조 밖으로 나오는 그의 모습은 과거와는 사뭇 달랐다. 과거 170 정도의 키는 190을 넘어서고 있었고, 호리호리했던 그의 체구는 단단한 바위를 연상시키는 근육이 자리 잡고 있었다.

마치 대리석으로 빚은 조각상을 보는 것 같았다. 그는 욕조에서 일어난 후 자신의 가슴을 바라보았다.

꾸물꾸물.

그에 그의 가슴에 손잡이만 빼고 완전히 박혀 있던 단검이 꾸물거리며 빠져나오고 있었다. 어찌 심장에 박힌 단검을 손도 대지 않고 빠져나오게 할 수 있단 말인가?

더욱더 놀라운 것은 그의 가슴에는 어떠한 핏물조차 흘러내리지 않고 있다는 것이었다. 마치 전신에 피가 하나도 없는 것처럼 말이다.

땡그랑!

마침내 단검이 그의 가슴에서 빠져나와 대리석의 바닥으로 떨어져 내렸다.

수아레스는 자신의 가슴에서 떨어져 내린 단검을 무표정하게 바라보더니 단검을 밟았다. 단검이 비명을 지르며 부서졌다.

콰직!

"훌륭하군."

그에 에라크루네스 백작은 자신의 예술작품을 본 듯 감탄을 터뜨렸다.

"어떠하냐?"

에라크루네스 백작의 물음에 수아레스의 입가가 기이하게

일그러졌다.

"왜 이제야 저에게 이런 힘을 주셨는지 궁금합니다."

"죽음이라는 것을 한 번 맛을 봐야 하는 것이다. 너의 몸 깊숙하게 내제 되어 있는 욕망과 힘을 끌어내기 위해서는 말이다."

"크큭. 좋군요. 아버지께서 어떻게 강해졌는지 알겠습니다."

"휘둘러 보겠느냐?"

에라크루네스 백작은 자신의 검을 뽑아 수아레스에게 건넸다. 하지만 수아레스는 검이 마음에 들지 않는 듯 주변을 훑어보았다. 그러다 마침 자신의 마음에 드는 무기를 발견했는지 무기 거치대로 향했다.

그가 집어 든 것은 런카(runca)라 불리는 무기였다.

상대를 찌르는 것뿐만 아니라 걸어 넘어뜨리거나 쳐서 베는 등 그 사용법이 굉장히 다양한 무기였다.

때문에 웬만큼 무기를 다루지 않으면 사용하기 쉽지 않은 무기로 병사들도 정예 병사 이상만 다룰 수 있는 까다로운 무기였다.

그런데 수아레스는 대뜸 그런 무기를 집어 들고 있었다. 그리고 무게를 가늠해 봤다.

적당하게 손에 감기는 느낌이 무척이나 좋았다. 마치 예전부터 자신의 무기였던 것처럼 말이다.

비약적으로 늘어난 신체에 딱 알맞은 무기였다. 그는 가볍게 런카를 휘둘러보았다.

부웅. 휘우우웅.

묵직한 소음이 터졌다. 만족했다. 그는 서서히 그리고 조금씩 빠르게 런카를 휘둘렀다. 마치 예전에 런카라는 무기를 휘둘러보았던 것처럼 너무나도 자연스러운 동작이었다.

앞으로 나가며 길게 찌르고, 무게 중심을 둔 발을 축으로 휘돌며 창을 휘둘렀다.

마치 상대가 있어 상대를 공격하는 것처럼 잡아당기고, 베고, 찍어 내렸다.

쿠웅! 콰아앙! 퍼어엉!

파공성이 일었다. 석실의 바닥이 쩍쩍 갈라지며 먼지가 날렸다. 그러다 그가 든 런카에서 붉은색의 오러 스트림이 솟아올랐다.

하지만 아주 잠깐이었다. 바로 이어 주황색으로, 주황색에서 노란색으로, 노란색에서 황백색으로 바뀌더니 급기야 백색의 오러 블레이드가 불쑥 솟아올랐다.

그런 모습을 지켜보던 에라크루네스 백작은 감격에 찬 얼굴을 했다. 자신은 넘어서지 못했던 경지였다. 그런데 자신의 바람을 알기라도 하듯이 단번에 백염의 오러 블레이드를 시전 해 내고 있었다.

그에 에라크루네스 백작은 검을 빼들고 그를 향해 쇄도해 들어갔다.

가상의 적이 있는 것과 실제의 적이 있는 것은 차이가 컸다. 조금 더 담금질을 해야 했다. 연습이나 대련 중의 마스터가 아닌 실제 전투에서도 마스터여야만 했다.

쉬아아악!

날카로운 소성이 들려왔다. 수아레스는 본능적으로 회피 동작을 취하면서 런카를 휘둘렀다. 황백색의 오러 웨이브. 그가 최상급의 익스퍼트라는 것을 유감없이 알려주는 것이었다. 그의 검에는 살기가 깃들어 있었다.

아들이라 해서 봐줄 생각은 전혀 없었다. 능력이 되지 않는다면 이 자리에서 아들의 목숨을 거두겠다는 그의 잔혹함을 그대로 담은 살기였다.

콰아아앙! 우수수수.

폭음이 터져 나왔다. 그 폭음이 지하 석실을 울리면서 돌가루가 우수수 떨어져 내렸다. 검과 런카가 부딪히며 그 충격파에 단단한 지하 석실에 금이 가고 있는 것이었다.

에라크루네스 백작은 멈추지 않았다.

이번 공격은 막아낼 줄 알았다는 듯이 바로 이어 공격했다. 그의 검에는 자비란 없었다. 하지만 그것을 막아내는 수아레스는 진득한 웃음을 떠올릴 뿐이었다.

"능력이 안 되면 여기서 죽어야 할 것이다."

"크큭! 아버지답군요."

스팟!

그 소리와 함께 수아레스가 움직였다. 190에 이른 그의 신형이 마치 허깨비처럼 쭈욱 늘어나며 에라크루네스 백작을 스치고 지나갔고, 에라크루네스 백작은 공격해 들어가다 말고 급급하게 검을 틀어 막아내야 했다.

콰아앙!

"큽!"

단 한 번의 부딪힘이었을 뿐인데 에라크루네스 백작의 입에서는 답답한 신음이 흘러나왔다. 비단 답답함뿐만 아니었다. 그의 손아귀가 터져나가며 진득한 핏물이 베어 나왔다. 하지만 터져나간 손바닥은 빠르게 아물어가고 있었다.

트롤의 재생력을 보는 듯했다. 그에 에라크루네스 백작은 만족한 웃음을 지어보였다. 마치 성공했다는 듯이 말이다.

하지만 이내 그 웃음을 거두고 거칠게 수아레스를 향해 쇄도해 들어갔다.

"고작 이것이더냐? 이 정도라면 내가 널 죽일 것이다."

"크큭!"

수아레스는 대답을 하지 않았다. 대신 진득한 살기가 담겨진 기이한 웃음만 지을 뿐이었다.

아버지가 휘두르는 검로가 정확하게 보였다. 어떻게 해야 할지도 알겠다. 어떤 약점이 있는지도 알겠다.

"강함을 보여드리지요."

콰하아악!

런카에서 태풍이 불어 나왔다. 그에 에라크루네스 백작은 화들짝 놀라 빠르게 스텝을 밟아 회피했다. 하지만 수아레스의 런카는 마치 그것을 예상했다는 듯이 그를 따라붙었다. 먹이를 절대 놓치지 않겠다는 듯이 말이다.

스가각!

수아레스의 런카가 에라크루네스 백작의 옆구리를 할퀴고 지나갔다. 하지만 그것은 시작에 불과했다.

마음에 차지 않는다는 듯 튕기듯이 솟아오르며 백작의 머리를 향해 런카를 내려쳤다.

그런 수아레스를 바라보며 히죽 웃는 에라크루네스 백작. 둘은 미쳐 있었다.

비록 오러를 시전하고 있지는 않지만 일격, 일격에 느껴지는 그들의 힘은 단단한 대리석조차도 쩍쩍 갈라지게 할 정도였다.

순수한 인간의 몸으로 과연 이런 상황을 만들어 낼 수 있을까 하는 생각이 들 정도였다.

에라크루네스 백작은 몸을 굴려 옆으로 피했다.

쩌적!

수아레스의 런카가 대리석 바닥을 때렸다. 대리석이 거미줄처럼 갈라졌다. 수아레스는 거기에서 멈추지 않고, 그대로 런카를 휘둘렀고, 미처 완전히 피해내지 못한 에라크루네스 백작은 검을 비틀어 막아냈다.

콰가가강.

"크흡!"

런카에 직격당한 에라크루네스 백작의 신형이 활처럼 휘며 뒤로 밀려났다. 그에 에라크루네스 백작은 힘으로 검을 바닥에 찍어 눌렀다. 하지만 수아레스의 힘을 감당하지 못해 주욱 뒤로 밀려나면서 마치 논두렁의 골을 패듯 바닥에 깊은 골을 만들어 내고 있었다.

쿠후웅!

그리고 그의 신형은 지하 석실 끝까지 밀려난 후에야 겨우 멈췄다.

투둑! 투두둑!

벽과 부딪힌 에라크루네스 백작은 힘겹게 자리에서 일어나고 있었고, 지하 석실의 벽은 그가 부딪힌 곳을 중심으로 거미줄처럼 쩍쩍 갈라져 있었다. 그러면서 그 힘을 감당하지 못한 돌 조각들이 떨어져 내렸다.

"쿠후음."

에라크루네스 백작은 검붉은 피를 한 움큼 토해냈다. 하나, 그 모습을 보는 수아레스는 마치 딴 사람 일이라는 듯이 그저 바라만 볼 뿐이었다. 전혀 아버지와 아들의 관계처럼 보이지 않았다.

"퉤!"

에라크루네스 백작은 마지막 남은 핏물을 뱉어냈다. 그의 얼굴에 화색이 돌아왔다.

"훌륭하군. 이제야 가문을 이끌 준비가 된 것 같군."

"그렇습니까?"

"한데 말이다……."

수아레스가 무슨 말인가를 하려는 듯 말을 끄는 에라크루네스 백작을 바라보았다.

"왜 죽이지 않았느냐."

"그럴 가치를 느끼지 못했을 뿐입니다."

"큭. 그러한가? 크크크. 좋구나. 훌륭하다."

자신 정도의 실력은 죽일 가치조차 느끼지 못한다는데 에라크루네스 백작은 큭큭거리면서 웃었다. 확실히 보통의 부자지간이 아니었고, 보통의 아버지는 아님이 분명했다. 그런 그의 눈동자가 붉게 희번덕거리고 있었다.

마치 자신이 원했던 것을 얻을 수 있어서 다행이라는 듯이,

혹은 먹이를 노리는 포식자처럼 말이다.

"나가자."

"한데……."

"음?"

"옷이 없군요."

"큭! 그런가? 너는 귀족이지. 당연히 예를 갖추어야 하겠지."

그 말을 하더니 석실의 한쪽으로 다가가 무언가를 조작하자 돌이 갈리는 소리를 내며 석실이 열렸다.

그 안에는 피처럼 검붉은 풀 플레이트 메일이 있었다. 마치 수아레스의 신체 수치를 정확하게 알고 있다는 듯이 말이다.

수아레스는 말없이 검붉은색의 풀 플레이트 메일을 착용했다.

풀 플레이트 메일을 착용한 채 런카를 든 수아레스의 모습은 그야말로 마계에서 인간계로 내려온 마족과 같은 모습이었다. 특히나 그의 헬름에 하나로 솟아난 뿔은 더욱 그를 마족과 같은 모습으로 보이게 했다.

*　　　*　　　*

블라드 유린 후작, 재상인 마샬 후작, 그리고 르위스 공작,

세 세력의 수장이 한 자리에 모였다.

그들의 뒤에는 각 두 명의 기사가 있었고, 그들의 옆에는 한 명의 귀족이 있었다. 기사나 귀족을 세워둠으로서 자신들의 세력을 드러내고 있었다.

특히 르위스 공작의 뒤에는 검붉은 풀 플레이트 메일을 착용하고 헬름에 커다란 뿔 하나를 달고 있는 기사가 그야말로 압도적인 존재감을 드러내고 있었다. 소개하기를 에라크루네스 백작의 아들이라 했다.

하지만 다른 이들은 그 말을 믿을 수 없었다.

에라크루네스 백작의 차남은 장벽의 제왕이라 불리고 있고, 그와 연수를 하기 위해 보낸 장자는 그의 휘하에 있는 캐슬린 맥그로우 공작에게 개처럼 두드려 맞고 생사가 불분명하다 들었기 때문이었다.

그리고 그들이 파악한 에라크루네스 백작의 장자 수아레스 에라크루네스는 저렇게 체구가 크지도 튼실하지도 않았다. 170 정도의 유약한 모습이라 알려졌는데 대체 저 모습은 뭐란 말인가?

하지만 그 누구도 그에 대해서는 말을 할 수 없었다. 참으로 탐이 나는 기사이기는 했지만 그보다 더 중요한 것이 있었다. 바로 연합을 할 것인가에 대한 것. 물론, 이미 답은 정해져 있었다. 그들이 합의할 것은 어떻게 나눌 것이냐는 것이었다.

오랜 협의 끝에 합의가 이뤄졌다. 재상은 중부를 포기하고 남부를, 르위스 공작은 북동부와 동부를, 유린 후작은 북서부와 서부를 가지기로 합의되었다.

"한데 말이오……."

르위스 공작이 말을 흐리면서 입을 열었다. 모두의 시선이 그에게로 향했다.

"재상에게 묻고 싶소. 진정 나파즈 왕국의 삼왕자인 것이오?"

"……."

그 물음에 숨 막힐 듯한 정적이 흘렀다. 바로 옆 사람의 숨소리마저 크게 들릴 정도의 그런 숨막힐 듯한 정적 말이다.

잠시 말문을 닫았던 마샬 후작이 어깨를 으쓱해 보이며 다시 입을 열었다.

"그것이 중요하오?"

"글쎄… 중요할 수도."

"중요하다라……. 달라지는 것이 있소?"

"그건… 없지."

"그렇다면 인정하겠소."

"그렇군."

이로써 확연해졌다. 하지만 유린 후작과 르위스 공작은 별다른 표정이 없었다. 그들을 호위하는 귀족들이나 기사들조차도 표정을 드러내지 않았다. 그들은 이미 왕국 간의 어떤 신념이나 백성들의 정서 따위는 아무런 상관이 없었다.

지금은 오로지 패권을 잡는 것 하나에 집중해야 했다.

기실 세 개의 세력이 하나의 세력을 친다는 것 자체가 상당히 자존심 상하는 일이었다. 귀족으로서 옳지 못한 길이라 할 수 있었다.

하지만 그들은 그것을 행하고 있었다.

그들은 지금 자신들을 합리화하고 있었다. 승리라는 결과는 모든 비난과 잘못된 과정을 영광의 역사로 만들어 낼 수 있었다. 그러기에 그냥 인정해 버리는 것이었다.

물론, 마샬 후작을 뭐라 할 수 있는 존재는 여기에 아무도 없었다. 유린 후작은 하인스 제국을 등에 업고 있었고, 르위스 공작은 전대 국왕의 실정을 빌미 삼기는 했지만 그 또한 동토의 제국이라 불리는 카렐리아 제국의 원조를 알게 모르게 받고 있지 않은가?

그들이 마샬 후작을 뭐라 하는 것은 똥 묻은 개가 겨 묻은 개를 나무라는 격이었다. 그러니 그의 신분이 어찌되었든 아무런 상관이 없었다. 그것을 탓하기에는 자신들의 모습이 너무 초라해지기 때문이라 할 수 있었다.

"커험. 삼군으로 나눠서 진군하면 되는 것이오?"

"그렇소. 하지만 따로 이동하는 것보다 동시에 들이치는 것이 그를 무너뜨리는데 더 용이하지 않겠소?"

"물론 그렇지요. 하면, 나는 이 방향으로 진군토록 하겠소."

먼저 유린 후작이 입을 열었다.

그는 지도로 자신의 진군 위치와 집결지를 가리켰다. 확실히 그의 세력은 북부와 서부의 세력. 마샬 후작은 중부에서, 르위스 공작이 동부에서 들이치면 삼면에서 동시에 공격을 받게 되는 남부 카이론의 세력이었다.

동시에 들이친다면 그는 분명 제대로 된 저항조차 하지 못하고 무너질 것이라 판단되었다. 그럴 수밖에 없는 것이 세 개의 세력의 병력은 모두 합쳐 40만에 이른다. 왜냐하면 각기 등에 업은 세력들의 병력까지 총 집결시켰기 때문이었다.

군부의 15만, 귀족파의 13만, 중부의 12만. 총 40만이다. 한 왕국에 40만의 병력이 집결되어 있었다. 거기에 남부 역시 만만찮은 병력이 집결되어 있었다. 한마디로 카테인 왕국의 모든 젊은 장정이 이 내전에 참여하고 있다고 봐도 무리가 아니었다.

카테인 왕국은 점점 뜨겁게 달아오르고 있었다.

"하나, 그 이전에 호흡을 골라야 하지 않겠소?"

"호흡? 호흡이라……."

기실 지치기는 했다. 바이큰 족과의 휴전 이후 3년 만에 내전이 일어나고, 내전이 발발한 지 1년 만에 국왕이 죽었다.

심신이 지친 것이었다. 이 상태에서는 전쟁이 힘들다는 것은 그들도 피부로 느끼고 있었다.

"확실히 그럴 필요는 있겠구려."

르위스 공작이나 유린 후작이나 이쯤에서 정비가 한 번 필요하다는 것을 느끼고 있었다.

"어느 정도나?"

"1년은 쉬어야겠지요."

"1년. 1년이라……."

재상의 말에 르위스 공작과 유린 후작 모두 그의 말을 되뇌었다. 마음 같았으면 조금 더 시간을 가지고 싶었지만 그러기에는 한 왕국이 네 조각으로 나눠져 있는 것은 가히 좋은 현상은 아니었다.

카테인 왕국의 주변은 사자와 승냥이들이 득시글거리니 말이다.

"상호불가침조약을 맺는 것이 어떻소."

"좋소."

그렇게 세 귀족들은 1년간 상호불가침조약을 맺었고, 1년 후 한날한시에 남부를 향해 진격해 나가기로 협정을 맺었다. 그 이전에 그들은 각 부대를 전진 배치시키는 것도 협정의 골자에 넣었다.

세 귀족이 협약을 맺고 각자의 진영으로 돌아가기 전, 귀족
파의 르위스 공작과 밀담을 나눈 이후 마샬 후작은 나직하게
한숨을 내쉴 수밖에 없었다.

본국에서는 자신에게 일정 이상의 지원을 하지 않을 것이
다.

왜냐하면 아무리 자신이 카테인 왕국을 사분오열시킨 공
이 크다고는 하지만 이 공을 시기하는 자들이 있을 것이기 때
문이었다. 대표적으로 일왕자인 되니츠 마샬과 이왕자인 립
쉬스 마샬이 있었다.

그들은 자국에 있어 공을 세우지 못했다. 특히 일왕자의 경
우에는 자신이 왕위 계승권의 일 순위이지만 결코 방심할 수
없었다. 만약 나파즈 왕국이 카테인 왕국을 복속시키게 되면
가장 큰 공을 세운 이는 당연히 삼왕자가 될 것이고, 자신의
지위는 흔들릴 것이기 때문이다.

또한, 그와 함께 왕위 계승권을 다투고 있는 이왕자 역시
마찬가지다. 그들은 아직 삼왕자에 대한 견제를 본격화 하지
않았다. 하지만 언젠가는 견제를 본격화 할 것이고, 자칫 잘
못하면 일왕자와 이왕자가 연합할 수도 있었다.

하지만 길고 긴 계략의 절정에 선 지금 약간 상황이 달라졌
다. 그들은 아직 때가 무르익지 않았음을 알고 있음에도 삼
왕자에 대한 견제를 시작했다. 그들의 견제란 바로 3천 가량

의 절망의 기사와 2만의 본국 정예병만을 보내는 것으로 지원을 마무리했다.

성공하지 못한다면 본국의 견제 세력은 자신에게 그 모든 책임을 물을 것이다. 아니 책임을 묻는 것만으로 끝나지는 않을 것이다.

'그것을 카테인 왕국을 침략하는데 하나의 빌미로 삼겠지.'

죽은 자신을 전략적으로 사용할 것이다. 그 순간 자신은 두 번 죽는 것이다.

'그것은 정말 싫군.'

아무리 권력에 눈이 멀었다고는 하지만 두 번 죽는 것은 싫었다. 그래서 발악을 하고 있었다. 살아남기 위해서. 그리고 일이 틀어지자 마치 패배자처럼 대하는 견제 세력에게 보란 듯이 당당하게 서기 위해서.

그 누구도 자신에게 도전할 수 없을 정도의 탄탄한 입지를 다지기 위해서 말이다.

권력이라는 것이 그렇다. 죽이지 않으면 죽는 것이다. 자신은 지금 절체절명의 위기에 처해 있었다. 어떻게 해서든 이 난국을 헤쳐 나가야만 했다.

"준비는?"

"이미 마친 지 오래입니다."

"약속된 시일에 출정하며, 그 이전에 최대한 힘을 비축한
다."

"명을 따릅니다."

본국의 정예 2만을 이끌고 온 맥콜리 그루지안 남작이 담
담하게 명을 받았다.

# 제2장

변화

*Warrior*

 

지금 카테인 왕국은 내전 중이었다. 내전이라는 것은 왕국 안에서 자기네들끼리 서로 치고 박고 싸운다는 것을 이름이다. 카테인 왕국의 백성들은 징병당해 전쟁터로 나선다. 때문에 농사가 제대로 되지 않았다.

징병을 피해 야반도주를 택하기도 하고, 모든 것을 버리고 산적이 되기도 한다. 초근목피로 근근이 배를 채우는 이들이 늘었고, 영주들의 폭정에 정든 고향을 떠나 유랑하며 걸식하는 유랑민이 늘어났다.

하지만 무기를 만들거나 혹은 방어구를 제작하는 등 전쟁에 관련된 모든 것은 발전에 발전을 거듭하고 있었다.

전쟁이 모든 것을 몰락하게 만드는 것은 아니었다. 오히려 정신적으로나 혹은 물질적으로 더 발전을 꾀하기도 한다.

모든 것에는 동전의 양면처럼 부정적인 면과 긍정적인 면이 공존하게 마련이다. 물론 전쟁이라는 것 자체가 부정적인 면이 더 강한 세상사의 일면임은 분명했다.

전체적으로 전쟁은 백성들의 삶의 질을 저 밑바닥으로 끌어내리기에는 충분했다. 백성들뿐만 아니었다. 전쟁의 기간이 길어지면 길어질수록 귀족들 역시 전쟁의 마수에서 벗어날 수는 없었다. 그러하기에 전쟁은 언제나 새로운 귀족 문화와 귀족들을 양산해 내기까지 한다.

어느덧 카테인 왕국이 내전으로 접어든지 1년이 흘렀다.

바이큰 족과의 휴전이 체결된 지 겨우 3년 만에 다시 내전이 벌어졌고, 불과 1년 만에 카테인 왕국은 27대 국왕의 국상을 치르고 28대 국왕을 맞이했다.

그에 귀족들은 자체적인 명분을 쌓고, 호흡을 고를 시간이 필요했다. 그러기 위해서는 명분이 필요했는데 그것은 바로 국상을 빌미로 삼는 것이었다.

국상의 기간은 1년. 그 말은 곧 1년 동안은 전쟁을 하지 않는다는 것이었다.

그와 함께 협약을 맺은 세 세력은 각 방면으로 대군을 진주시키고 경계선을 삼았으며 군사도시를 건설했다. 그들이 남부와의 경계지점에 군사도시를 건설한 이유는 여러 가지가 있는데 그중 가장 큰 이유는 두 가지가 있었다.

하나는 긴장감의 유지였다. 이미 그들 스스로 명분이 없음을 안다. 그 와중에 휴전을 한다면 어떤 일이 일어날지 모르기 때문에 반드시 긴장감을 유지해야만 했고 그러기 위해서는 반드시 군사적인 행동이 필요했다.

그리고 또 하나의 이유는 바로 주거지를 무단으로 이탈할지도 모를 영지민들에 대한 감시의 강화였다.

영지민들이 빠져나간다는 것은 그만큼 자신들의 병력이 줄어든다는 것을 의미한다. 전쟁이 길어지면 길어질수록 영지민이 많은 곳이 승리할 가능성이 높다. 병력이 없으면 싸울 수 없으니까 말이다.

하지만 그러함에도 불구하고 남부로 향하는 유랑민의 수는 결코 줄어들지 않았다.

남부로 통하는 모든 길을 막았다고는 하지만 길이 아닌 곳으로 이동하는 유랑민들을 막을 수는 없었던 것이다. 이를 막으려면 전선 전체에 경계병을 배치해야 했지만 그건 불가능한 일이었다.

이렇게 백성들이 남부로 떠나는 이유를 살펴보자면 남부

에서 전해져 오는 끊임없는 소문 때문이었다.

그 대표적인 소문의 예의 첫 번째로는 농지를 무상으로 보급한다는 것이었다. 신분에 대해서는 묻지도 따지지도 않았다. 넘어와서 해당 행정 공관으로 가 가족과 신원을 밝힐 수만 있으면 즉각 원하는 농지를 지급한다는 것이었다.

그리고 그와 함께 거주 이전의 자유가 있었다. 마음에 들지 않으면 언제든지 살던 곳을 떠날 수 있었다.

거기에 남부에는 영주가 없었다. 행정 구역이라는 것이 있어 행정 구역의 장이 있을지언정 영주가 모든 것을 투사하는 곳은 없었다.

게다가 거두어들이는 세금의 세율조차 지극히 낮았다.

생산량의 10%. 그 이외에는 일체의 세금이 없었다. 물론, 상행위를 하는 모든 물건에는 명목상 세금 10%를 공제한다고 하는데 그것을 어떻게 관리하는지는 몰라도 어쨌든 세금은 무조건 10%였다.

그렇기에 유랑민들은 남부를 향해 목숨을 걸고 탈출하고자 했다.


"사, 살려주십시오."

"닥쳐라! 뭣들 하는가? 어서 저놈의 목을 쳐라!"

공개적인 장소.

수없이 많은 사람이 모여 있었다. 그들은 걱정과 두려움이 담긴 눈으로 광장의 중심을 바라봤고 광장의 중심에는 일가족으로 보이는 여덟 명이 밧줄에 꽁꽁 묶여 있었다.

그중에는 이제 갓 열 살도 채 되지 않은 어린아이까지 있었다. 어린아이는 큰 눈에 두려움을 가득 담은 채 주변을 두리번거렸다. 그들은 유랑민이었다. 그것도 경계망을 뚫고 남부로 넘어가려 했던 일가족이었다.

그러한 그들의 뒤에는 커다란 체구의 네 명의 사내가 피 묻은 도살용 칼을 들고 서 있었다.

그중 가장으로 보이는 자는 연신 살려달라고 외치고 있었고, 아이들은 지금의 상황을 이해하지 못했지만 단지 피부로 전해지는 느낌대로 울음을 터뜨리고 있었다.

그런 모습을 보며 단상의 화려한 의자에 앉아 있던 귀족은 불쌍하거나 측은하다는 표정보다는 오히려 귀찮다는 듯이 어서 저들 가족을 모두 죽이라는 말만 할 뿐이었다. 그에 그의 곁에 있던 기사가 사형 집행인들에게 고개를 끄덕였다.

그들은 망설임 없이 도살용 칼을 휘둘렀다.

서걱! 툭! 데구르르.

목이 굴렀다. 그에 나란히 있던 여자들이나 아이들은 놀라 입을 벌렸다. 울음도 나오지 않고, 비명도 들려오지 않았다.

그 순간 차례대로 목이 떨어져 내렸다. 광장의 주변에서 그 모습을 지켜보고 있던 이들은 고개를 돌렸다.

핏물이 질퍽하게 광장의 중앙을 뒤덮었다. 여덟 명의 일가족이 순식간에 목이 잘려 죽었다. 그에 만족했던지 높은 단상에서 화려한 의자에 앉아 있던 귀족은 만족한 웃음을 지어보이곤 자리에서 일어나 외쳤다.

"경계선을 넘는 자, 모두 죽을 것이다."

단 한마디였다. 어떤 이는 이글거리는 눈동자로 그 귀족을 바라봤고, 어떤 이는 두려움에 가득 찬 표정으로, 어떤 이는 현실을 외면하고 싶었는지 고개를 푹 숙인 채 자리를 떠났다.

각양각색의 표정과 행동들.

하지만 단 한 가지는 공통적이었다. 그들의 얼굴은 절대 당연하다는 표정이 아니었다. 수긍하는 표정이 아니었다. 아니 오히려 애꿎은 일가족이 죽었고, 저 어린 것을 어찌 그리도 냉정하게 죽일 수 있느냐는 그런 표정이었다.

한마디로 정당하지 못한 처사에 비분강개한 표정이었다.

모두가 떠난 광장. 몇 명의 사람이 광장을 서성거렸다. 그에 병사들이 위협적인 표정을 지어보였다. 서성이던 사내 중 한사람이 병사에게 다가가 무어라 말을 했고, 병사는 곤란하다는 표정을 했다.

병사와 대화를 하던 사람이 은근슬쩍 무언가를 병사에게 건넸고, 병사는 이러면 안 된다는 듯이 주변을 둘러보더니 매가 먹이를 낚아채듯 받아 들고 헛기침을 하며 광장을 벗어났다. 공개 처형한 일가족의 시신은 여전히 핏물을 게워내며 광장의 중앙에 있었다.

사내는 짐마차를 가져와 여덟 구의 시체를 정성스럽게 싣고 광장을 떠났다.

그가 시체를 실고 떠나자 광장에서 서성이던 사내들 역시 자리를 벗어나고 있었다. 광장에는 피비린내만 남았을 뿐이었다.

광장의 하늘에는 어느덧 피 냄새를 맡은 까마귀가 날아왔고, 몇 마리의 까마귀가 내려 앉아 핏물을 쪼아 먹기 시작했다.

광장은 영지민을 위한 공개적인 장소가 아닌 공개 처형의 장소였다.

이 군사 도시에 사는 그 누구도 이 중앙 광장을 이용하지 않았다. 이곳은 죽음의 장소가 된 지 오래였으니까 말이다.


"제기랄!"

어느 공동묘지.

몇 명의 사내가 모여 있었다. 그들의 옆에는 시체 몇 구와 무덤 몇 개가 파헤쳐진 채로 있었다. 그들은 시체를 묻고 있는 것이었다. 불과 몇 달 전까지만 해도 이곳은 그저 사람이

나물을 뜯던 그런 야산일 뿐이었다.

하지만 이제는 공동묘지가 되어 있었다.

불과 몇 달 사이에 묘지의 수는 급격하게 늘어나고 있었다. 누가 왜 이곳에 시체를 묻었는지 몰랐다.

보통은 공개 처형을 당한 시체는 묻지 않는다. 본보기를 삼기 위해서 말이다.

하지만 귀족들이란 그럴 생각이 없었다. 오로지 공포를 위한 수단으로 생각하고 있었고, 병사들 역시 시체를 내주는 것을 일종의 돈벌이로 생각하고 있었다.

"망할 놈의 세상."

"후우~ 언제까지 이렇게 살아야 하는지."

몇 명의 사내들.

한 동네에 살아가고 있는 이들이었다. 언제 징병이 될지 혹은 언제 전쟁이 다시 일어날지 모를 상황이었다. 이들은 한 가정의 가장이기도 했고, 아들이기도 했고, 아버지이기도 했으며, 누군가의 친구이기도 했다.

하지만 가족을 위해 무엇을 해야 한다는 생각보다는 어떻게 이 상황을 벗어나야 할지에 대한 고민이 더 컸다.

일이 손에 잡히지 않았다. 이들도 알고 있었다. 1년이라는 기한이 지난 이후 자신들은 분명 전쟁터로 끌려갈 것임을 말이다.

"그거 들었냐?"

"뭘?"

"남부는 말이야……."

한 사내가 입을 열기 시작하자 따로 흩어졌던 이들이 그에게 몰려들었다. 그들에게 있어 유일한 희망은 바로 남부의 소식을 듣는 것이었다. 그들이 듣기에 남부는 평민들의 천국이었다. 국상이 치러진 그날 남부의 모든 노예들이 해방되었다.

"예비군 제도가 있다고 하더군."

"예비군? 그게 무슨 말인가?"

"그들은 스무 살이 되면 의무적으로 군대에서 3년을 복무한다고 하더군. 그리고 3년 동안 파종 시기와 수확 시기에는 돌아가면서 휴가라는 것을 줘 일손을 돕게 하고, 만약 그것이 여의치 않다면 군부대에서 대민지원이라는 것을 실시해 일손을 돕게 한다고 하더군."

"그렇군. 그런데 아직 예비군이 뭔지 말하지 않았네."

"말 좀 끊지 말게. 이제 이야기함세."

"아, 뭐……."

몇 명의 사내가 말을 끊은 사내를 샐쭉하게 쳐다본다. 궁금한데 자꾸 말 끊지 말라는 듯이 말이다. 그에 머쓱해진 사내가 손으로 뒤통수를 긁었다. 자신도 궁금하기는 마찬가지였다. 하지만 참으로 놀라운 정보였다.

이 시대의 군대는 3년 복무가 아니라 최하 7년 복무였다. 운 나쁘면 10년을 복무하기도 한다.

10년 동안 하사관도 아닌 상급병으로 지내는 것이다. 그렇다고 휴가를 자주 주는 것도 아니었다.

할 일도 없으면서 잡아둔다. 잡아두고 훈련을 시키면 그나마 다행인데, 귀족들은 그들을 마치 사병처럼 여기며 자신들이 경작하는 곡물을 수거하거나 혹은 가구를 고치는데 그들을 부려먹는다.

또한, 월봉으로 지급되는 금액 중 일정액을 빼가기도 한다. 수십 년 된 창이나 무기를 들고, 그와 버금가는 방어구를 입고 있어야만 했고, 만약 그것에 무슨 탈이라도 나면 그것을 빌미로 월봉에서 차감해 가기 일쑤였다.

그런데 정기적으로 휴가를 주고 대민지원까지 한단다. 이게 무슨 딴 세상 이야기란 말인가?

그에 사내들은 침을 꿀꺽 삼켰다. 더 듣고 싶었다. 가지 못하는 곳에 대한 어떤 동경 때문일 것이다.

"예비군이라는 것은 예비로 둔 군인이라는 말인데, 3년을 복무하고 전역하면 그 후 7년 동안 동원 훈련을 받아야 한다고 하더군. 동원 훈련은 자신의 병과에 맞게 자신이 복무한 부대와 동일한 곳에서 일주일간 병사들과 똑같은 훈련을 받는 것을 말하는데, 그러면서도 일주일간의 훈련비가 나온다고 하더라고?"

"그, 그게 정말인가?"

"그렇다니까?"

"아니 근데 자네는 그런 소식을 대체 어디서 듣는 겐가?"

누군가 물었다. 그에 한참 열심을 입을 열어 설명하던 사내
는 주변을 조심스럽게 살피더니 품속에서 무언가를 꺼냈다.

누렇고, 조금은 찢겨져 있는 몇 장의 종이였다. 몇 번을 펼
치고 접었던지 접은 면이 너덜너덜한 상태였다.

그는 조심스럽게 그것을 주변 사내들에게 보여줬다.

"이, 이건?"

"내가 우연히 약초를 캐러 갔는데 떨어져 있더군."

사내는 자랑스럽게 입을 열었다. 여기 있는 그 누구도 그를
탓하지 않았다. 마치 당연하다는 듯이 말이다. 그리고 그 색
바랜 종이를 무슨 보물이라도 되는 양 조심스럽게 돌려가며
읽었다.

"허어~ 이게 말이 돼?"

"무슨?"

"초급병의 월봉이 무려 1골드라네."

"뭐?"

"무슨……."

글을 읽을 수 없는 자를 위해서 한 사내가 입을 열어 알러

준 것이다.

"초급병 1골드, 하급병 2골드, 중급병 3골드, 상급병 4골드, 최초 훈련병일 때에도 50실버의 훈련비가 지급되며, 일체의 장구류는 무상이라고 하는군. 거기에 한 달의 기초 군사 훈련 기간이 지나면 자대배치를 받는데 한 달에 한 번 휴가 또는 외박을 받는다는군."

"허어~"

사내들은 입을 벌려 헛바람을 냈다. 상상조차 할 수 없는 일이라 할 수 있었다. 그러다 글을 읽을 줄 아는 사내가 뒷장으로 넘어가더니 입을 떡 벌렸다.

"이건 더 하구만."

"뭔데 그래?"

"2세 이상 8세 미만의 어린 아이는 탁아소라는 곳에 의무적으로 보내야 하며 8세 이상부터는 초등, 중등, 고등 교육을 의무적으로 받아야 한다는군."

"아니 그게 말이 되는가? 그러면 도대체 어떻게 파종을 하고 수확을 한단 말인가?"

"예비군이 있지 않은가? 실제 24살이면 군에서 전역을 한 것이니 그 인력은 고스란히 남지 않겠나?"

"아무리 그래도 그렇지. 그런 장정이 없는 사람들은 어찌하라고."

"휴가가 있지 않은가?"

"아! 그렇군. 거기에 군부대에서 대민을 지원을 한다면……."

"그렇군."

그들은 깨달았다. 자신들과 같이 흙을 파먹고 사는 사람들에게 남부는 그야말로 천국이라는 것을 말이다.

그에 그들의 표정에는 희망이 보이기도 했으나 한편으로는 어두운 그림자가 지기도 했다.

그들은 고민하고 있었다. 어떻게 해야 할지 말이다. 가족이 몰살당하는 공포를 무릅쓰고 탈출해야 할지 아니면 이대로 있다가 징병되어 전장에 끌려가야 할지 말이다. 어느 것이든 같았다. 단지 빨리 죽느냐 늦게 죽느냐의 차이일 뿐.

＊　　　＊　　　＊

"이런 말도 안 되는 일이……."

한편 군사 도시를 건설한 귀족파들은 누렇게 변색되고, 여기저기 찢어진 종이를 탁자 위에 놓고 할 말을 잃고 있었다. 그 몇 장 안 되는 종이에는 많은 내용이 실려 있었다.

첫째로 귀족의 영지를 회수한 것이었다. 귀족에게 있어 영지는 생명과 같은 것이었다. 그런데 그런 영지를 회수해 모두 왕국의 소유 혹은 평민들에게 나눠주다니 이것이 대체 무슨 말이란 말인가?

"이것은 분명 귀족에 대한 도전이자 탄압이라 할 수 있소."

몇 명의 귀족이 그렇게 말을 했다.

물론, 얼굴을 벌겋게 물들이면서 거친 입담을 토해내는 귀족이 있는가 하면 자신의 앞에 놓인 달콤한 음료수를 마시며 생각에 잠겨든 귀족도 있었다.

"그것뿐이라면 말도 하지 않겠소. 귀족의 작위 승계 역시 인정하지 않는다고 했소."

"허어~ 어찌 그럴 수가."

귀족 작위의 승계도 인정하지 않고 귀족의 영지를 회수했다. 그리고 결정적인 한마디가 더해졌다.

"게다가 영지군을 인정하지 않는다는구려."

"하면, 영지의 치안은……."

"영지가 없는데 무슨 치안이 있을 수 있겠소. 여기 적힌 글대로라면 치안부라는 부서에 치안군이라는 것을 두어 각 영지의 모든 치안을 담당한다고 하오이다."

"허어~ 무슨 말도 안 되는……."

귀족들은 침중한 얼굴로 한동안 말을 잇지 못했다. 있을 수 없는 일이 지금 남부에서 일어나고 있었다. 그러다 모두의 시선이 한 곳으로 향했다. 남부에서 도저히 귀족으로서 모든 것을 영위할 수 없음에 스스로 짐을 싸 재상의 휘하로 귀의한 귀족이었다.

"정녕 이것이 사실인 것이오?"

"그렇소이다. 그러하기에 내 이 자리에 있는 것이오."

한 명의 노회한 귀족. 귀 밑으로 까칠하게 흰 머리가 나 있고, 눈 밑으로는 검은색의 다크서클이 짙어진 귀족이었다.

홀쭉한 볼 살이 원래는 그렇지 않았다는 듯이 탄력을 잃고 축 늘어져 있었다.

"그는 귀족의 피를 마시는 자요. 한 점의 두려움도 없이 귀족의 목을 자르고, 조금의 망설임도 없이 귀족을 쫓아내고 있소. 그의 말을 듣지 않는 자는 모두 죽임을 당하거나 마차 한 대 분량의 귀중품만 허용한 채 남부 밖으로 쫓아내고 있소. 그는 귀족의 신성함을 전혀 모르는 자라 할 수 있소."

남부에서 쫓겨온 귀족의 말에 다들 잔뜩 인상을 찌푸렸다.

그들의 얼굴에는 탐탁지 않은 표정이 드러나 있었다. 하나, 지금 상황에서 남부에서 쫓겨난 이 귀족만을 탓할 수는 없었다. 이것은 이제 남부만의 일이 아닌 카테인 왕국 전체 귀족의 일이 되었으니 말이다.

쫓겨온 귀족이 눈앞의 귀족 한 명이라면 모를까 그 수가 이미 20~30명에 이른다. 이자 말고도 몇 명의 귀족이 더 있었으며, 그 귀족들은 한결같이 28대 국왕인 카이론 에라크루네스를 비난하고 헐뜯었다.

그들에게 얻을 정보란 얼마 없었다. 하지만 조금씩 흘러나온 그들의 말들을 종합해 보면 지금 자신들의 앞에 펼쳐진 종이의 내용과 크게 다르지 않았다.

그들은 동시에 생각했다.

도대체 이 종이는 무슨 목적으로 뿌려졌는가 하는 것이었다. 자신들의 손에 올라올 정도라면 이미 평민들 사이에선 알게 모르게 수중에 품고 있는 자들이 상당하다는 결론이 나온다. 그렇다는 것은 알 사람은 다 안다는 소리일 것이다.

생각해 보면 최근 들어 경계선을 넘는 자들이 거의 두세 배는 증가하고 있었다. 공개 처형을 하고 있음에도 불구하고 목숨을 걸고 그들은 경계선을 넘었다.

심지어는 부패한 병사들의 경우 그들에게 돈을 받고 경계선을 넘는 것을 눈감아 주거나 전문적으로 경계선을 넘도록 안내하는 이들까지 생겨나고 있었다.

이대로 두고 볼 수는 없었다. 하지만 아무리 경계를 강화한다고 해도 소용없었다. 돈 앞에서는 모든 것이 무용지물이었으니까 말이다.

"이 일을 어찌했으면 좋겠소?"

"상부에 보고해야 하지 않겠소?"

"보고는 해야 하겠지만 대책 없이 보고만 한다고 해결 될 일은 아니지 않소? 아마도 특별한 대책을 내놓지 않는다면 틀림없이 문책을 당하지 않을까 싶소."

"끄응."

귀족의 말에 얼굴을 일그러뜨리며 앓는 소리를 내는 귀족들이었다.

"하면, 이것은 어떻소?"

"음? 무슨 좋은 수가 있소?"

"서로 감시하게 하는 것이오."

"감시 말이오?"

"그렇소. 다섯 가구를 하나로 묶어 서로가 서로를 감시하게 하는 것이오."

"흐음. 방법은 좋은데 말이오. 거기에 투입할 인원이 없지 않소? 지금은 경계선을 방비하는 것조차 힘들진데 말이오."

"그건……."

실제 그렇다. 이들은 경계선을 중심으로 길고 긴 목책을 설치 중이었다. 그 목책을 설치하는 주체는 바로 평민들과 노예들이었다. 그들에게 한 끼의 식사도 주지 않으면서 대규모 목책 공사를 시키고 있는 상황이었다.

평민이나 노예나 전혀 다를 게 없는 지금의 상황이었다.

물론 병사들도 노역에 동원되기는 했지만 그들은 노역이라기보다는 평민이나 노예들을 관리, 감독하는 차원에서 동원되었다. 1년이라는 한시적인 휴전 상태에서 정예병을 소모할 수는 없는 법이었다.

"용병들을 이용하는 것은 어떻겠소?"

"용병 말이오?"

"그렇소."

"하지만……."

"용병 놈들이야 돈만 주면 무슨 일이든 하는 자들이지 않소. 그들을 신뢰할 수는 없지만 적어도 돈 앞에서는 그놈들을 믿을 수 있지 않겠소? 하고, 감히 어느 용병들이 귀족을 상대로 사기를 칠 수 있겠소?"

"그렇긴 하지만……."

그럼에도 일부 귀족들은 별로 탐탁지 않은 표정을 지어보였다.

하지만 현실적으로 지금 상황에서 가장 이용하기 쉽고, 현재의 상황을 타개할 수 있는 방안은 용병 밖에 없었다.

"용병들을 고용하는 금액도 상당할 터인데……."

"그렇다고 손 놓고 있을 수는 없지 않겠소?"

"그렇긴 하지만 말이오."

"까짓것 합시다. 현재 그보다 더 좋은 방안은 없을 듯 싶소."

"좋소이다."

군사 도시를 관리하는 귀족들은 그렇게 결정했다. 처음 시작하는 것이 어렵지 용병에게 의뢰를 하고 그 용병들에게 포상금을 걸고 경계를 넘는 자들을 색출하게 하자 그 실효성이 밝혀지기도 전에 꼬리에 꼬리를 물고 용병들이 고용되기 시작했다.

*　　　*　　　*

한 명의 음침한 표정의 귀족이 벽 한쪽을 온통 차지하고 있는 창문 앞에서 밖을 내려다보고 있었다.

한참을 밖을 내려다보던 귀족의 얼굴에는 아주 미미한 미소가 떠올랐다. 자세히 보지 않는다면 그것이 웃음인지 아닌지 모를 정도로 미미한 미소였다.

"클. 멍청한 놈들."

누구에게 멍청하다고 하는 것인가?

"아집에 빠져 똥인지 땅콩 잼인지 모르고 섶을 지고 불속으로 뛰어드는 부나방 같은 놈들."

그의 주변에는 아무도 없었음에도 불구하고 그는 마치 누구와 대화를 하는 것처럼 말을 하고 있었다.

"그렇지 않나?"

그런데.

"그들이 어리석기에 이 작전이 성공할 수 있었던 것입니다."

누군가 그의 독백에 답을 했다. 하지만 음침한 표정의 귀족은 여전히 표정을 풀지 않고 창밖을 내려다보며 입을 열었다.

"그래, 그렇지. 그들은 언제나 자신을 선택받은 사람이라 칭하며 백성들의 고혈을 짜내고 그 피와 고름으로 자신의 뱃속을 불리기에 여념이 없지. 그들은 상황이 이렇게 되고 있음에도 불구하고 아직 정신을 못 차리고 외세의 힘을 빌리고 있지. 귀족파는 카렐리아 제국의 힘을, 군부는 하인스 제국의 힘을, 그리고 재상은 나파즈 왕국의 힘을 말이지."

"재상은 원래 나파즈 왕국 사람이니 뭐라 할 수는 없지 않겠습니까?"

"큭! 그런가?"

그러면서 창밖을 응시하던 시선을 거두고 방 한쪽에 놓여진 고급스러운 소파에 앉았다. 그에 언제 나타났을까? 검은색 일색의 복면을 하고 눈만 드러내고 있는 자가 소파에 다리를 꼬고 편안한 자세로 앉아 있었다.

대화하는 것으로 봐서는 분명 상관과 부하의 관계였으나 그의 행동하는 양식을 보면 단순히 상관과 부하의 수직적인 관계가 아님을 알 수 있었다. 복면인을 보자 음침한 표정의 귀족은 자세를 바로 하였다.

순간 그의 얼굴이 꿈틀거리더니 짙은 다크 서클과 축 늘어진 볼 살 그리고 거만해 보이던 모습은 온데간데없고 전혀 다른 자가 자리에 앉아 있었다.

"먼 길을 오셨습니다."

"먼 길은 무슨. 바로 옆인데."

"하지만 백성들에게는 죽음의 강인 카론의 강처럼 멀게만 느껴지는 곳이기도 하지요."

"그건 그렇군."

복면인은 자신의 앞에 있는 자의 모습이 변했음에도 불구하고 이미 알고 있었다는 듯 이 그를 대하고 있었다. 그 모습은 무척이나 자연스러워서 오히려 귀족이 더 낮은 신분처럼 보여질 정도였다.

"준비는 다 되신 겁니까?"

"그래. 다 되었어. 그래서 내가 이곳으로 온 것이고."

어느새 둘의 입장이 바뀌어져 있었다. 전혀 반대의 상황. 하지만 둘은 전혀 개의치 않았다.

"명칭이 어떻게 됩니까?"

"블러디 울프 용병단."

"멋지군요."

"참고로 화이트 드래곤, 크레이지 폭스도 같은 조직이야. 블러디 울프 용병단은 내가, 화이트 드래곤은 알카트라즈 백작이 그리고 크레이지 폭스는 맥그로우 공작께서 이끌 것이야."

"허어~ 칠성 중 두 분이 오시다니."

"그만큼 이번 작전이 중요하다는 말이겠지."

"알고 있습니다."

"철저히 해야 해."

"알겠습니다."

귀족은 고개를 숙였다. 그런데 갑자기 자신의 앞이 허전하다는 생각이 들었다. 그는 살짝 고개를 들어 확인했다.

복면인은 이미 사라지고 없었다. 참으로 귀신이 곡할 일이었다. 벌겋게 눈을 뜨고 있음에도 불구하고 사라진 것을 볼 수 없었다.

'참으로 대단한 사람이로군.'

그는 그렇게 생각했다. 그에게 있어 남부의 모든 것이 대단했다. 28대 국왕인 카이론 에라크루네스부터 시작해서 그를 따르는 칠성과 전원 익스퍼트인 호위대, 그리고 근위 기사단까지 말이다.

그리고 결정적으로 귀족과 기사와 백성들을 모두 한 손에 쥐고 이끌고 나가고 있는 카이론 에라크루네스 국왕은 더욱더 대단했다. 한 왕국의 국왕은 많은 것을 책임져야 하고 많은 것을 결정해야만 한다.

그는 모든 것을 자신에게 돌리고, 남부를 하나로 통합시켰다. 그리고 자신이 모든 권력을 쥘 수 있음에도 불구하고 귀족들과 기사들과 백성들에게 그 권력을 나눠줬다. 그것 자체가 실로 대단한 것이라 할 수 있었다.

과연 누가 권력을 나눌 것인가? 권력이란 아비와 아들조차도 서로에게 칼을 겨누게 하는 특성을 지녔는데 말이다. 그런데 그것을 행했다. 그리고 그 권력은 절묘하게 균형을 이루고 있었다.

어느 한쪽에 치우치지도 않고 말이다. 불과 1년 몇 개월이지만 남부는 이 세상 어느 곳에서도 볼 수 없는 진귀하고 소중한 곳이 되어 가고 있었다. 그러하기에 카테인 왕국의 백성들은 남부를 향해 목숨을 걸고 탈출하려 하는 것이었고, 귀족들은 있는 힘껏 그들을 막아내고 있었다.

그리고 자신은 그 틈을 이용해 남부로 가려는 백성들을 빼돌릴 계획을 세웠다. 바로 용병단으로 위장한 남부의 세력들과 함께 말이다. 귀족들은 자신의 위장을 전혀 알아보지 못했다.

아니 위장이 아니기에 알아보지 못했을 수도 있었다.

그는 실제 남부의 귀족. 다만, 그는 에라크루네스 국왕의 학정을 못 이겨 스스로 탈출한 것이 아닌 그의 사상에 동조하기에 스스로 미끼가 되어 이곳으로 온 것이 다를 뿐이었다.

*          *          *

"쉬이잇!"

칠흑 같은 어둠 속.

일단의 무리가 은밀하게 움직이고 있었다. 몇몇은 날카로운 무기로 중무장을 하고 있었고, 대부분의 사람들은 등에 커다란 봇짐을 메고 있었다. 마치 정든 곳을 떠나 도망치는 것 같은 느낌을 주고 있었다.

가장 앞에서 일행을 이끌던 용병은 뒤를 돌아보며 자세를 낮추고 소리를 죽이라는 듯 손가락을 입술 가운데에 대고 나직한 소리를 내었다. 그에 조심스럽게 움직이던 이들은 곧바로 웅크리고 그 자리에 앉았다.

선두에 선 자가 전방을 조심스럽게 응시하더니 손짓을 몇 번했다. 그에 몇 명의 무장한 인원들이 빠르게 좌우로 흩어졌다. 그리고 선두에 선 사내는 어둠 속에서 웅크리고 자리를 벗어나지 않았다.

그들의 전방 몇 미터 앞.

몇십의 병사들이 횃불과 창을 들고 주변을 샅샅이 수색하면서 조심스럽게 전진해 오고 있었다.

"어떻게 된 건가?"

"에… 그것이……."

선두에 선 자가 입을 열어 물었다. 그에 그의 뒤에 있던 사내는 어물거렸다. 딱히 대답할 말이 없는 것 같았다.

"너 설마……."

"아니 그건 아니고……."

"그럼 뭔데?"

무리를 이끌고 있던 사내가 날카로운 눈으로 자신의 뒤에 있는 세모꼴은 눈을 가진 사내를 보며 물었다. 그에 사내가 누런 이를 드러내며 웃었다. 그 모습에 약간 상황이 이상하게 돌아가고 있음을 느꼈다.

"형님. 우리도 좀 먹고 삽시다."

"이런 개… 큭!"

그때 그가 주변을 살펴보라고 보낸 이가 언제 돌아왔는지 그의 등 뒤에서 단검을 푹 찔렀다. 단검은 한 자루가 아니었다. 무려 세 개가 그의 심장과 명치, 등 뒤의 척추에 박혀 있었다.

"끄륵!"

선두에서 일행을 인솔하던 사내는 비명조차 지르지 못하고 숨이 넘어갔다.

"무, 무슨……."

그때 그들을 따르고 있던 몇십의 사람 중 가장 나이든 자가 해연히 놀라 입을 열었다. 그에 세모꼴 눈의 사내는 피 묻은 단검을 가볍게 털어내며 누런 이를 드러내며 진득하게 웃었다.

"신고하면 10골드, 잡아들이면 두당 100골드."

"다, 당신들……"

와락!

"허억!"

세모꼴 눈의 사내는 바로 앞의 사내의 멱살을 끌어당기면서 단검을 사내의 목에 들이밀었다.

"죽고 싶지 않으면 순순히 말 들어."

"그… 아, 알겠소."

그 말을 듣고 사내의 멱살을 풀어주는 세모꼴 눈의 사내가 어둠 속에서 사람의 수를 셌다.

"몇 명이지?"

"43명이우."

"크크. 돈 좀 만지겠는데?"

"그런데 꼭 이래야만 하우?"

"뭔 소리야?"

순간 세모꼴 눈의 사내의 목소리가 날카로워졌다.

"아닌 말로 저치들도 살자고 하는 짓 아니우? 꼭 저치들을 생포해야겠수? 가면 죽을 텐데?"

"홍! 저치들이 죽든 말든 그게 무슨 상관이지? 너 요즘 배가 불렀냐? 어?"

세모꼴 눈의 사내의 흉흉한 기세에 반발을 했던 사내는 이내 살짝 눈을 돌려 버렸다. 저들이 불쌍하기는 했다. 어떻게든 살아보겠다고 있는 돈 없는 돈 끌어모아 자신들에게 부탁했는데 저 돈에 걸신들린 부단장이 오히려 단장을 죽이고 저들을 귀족들에게 넘길 작정인 것이었다.

어떻게 보면 자신과 전혀 다르지 않은 이들이었다. 그런데 자신들은 돈에 눈이 멀어 저들을 잡아다 귀족들에게 넘기려 하고 있었다. 그것이 마음에 들지 않았다. 하지만 마음에 들지 않는다고 모든 것이 생각대로 흘러가지는 않았다.

"지랄하지 말고 가서 손이나 묶어!"

"……."

부단장의 말에 사내는 가볍게 한숨을 내쉬더니 곧 그의 명령에 따랐다.

그의 두 어깨는 축 처져 있었다. 이것은 도저히 사람으로서 할 일이 아니라는 듯이 말이다. 하지만 그는 그저 이 용병단의 일개 단원이었다.

자칫 부단장의 심기를 거슬렸다가는 이곳에서 쥐도 새도 모르게 죽을 수 있었다. 하지만 여전히 그는 지금 상황이 마음에 들지 않았다. 무뚝뚝한 얼굴로 경계를 넘는 이들의 등 뒤로 돌아가 밧줄을 들었다.

"움직이지 마!"

다소 험악하게 입을 여는 사내의 모습에 손을 등 뒤로 하고 손목이 묶이고 있는 사내의 얼굴이 묘하게 일그러졌다.

"자꾸 움직이면 죽여 버리는 수가 있어!"

그러면서 밧줄이 단단히 매여져 있는지 확인까지 하는 사내였다. 그러고는 다시 다른 사람에게로 움직였다. 순간 손이 묶인 사내는 자신을 스쳐 지나가는 자의 등 뒤를 볼 수 있었다. 그러면서 손목을 움직였다.

밧줄이 잡혔다. 살짝 잡아당겨 보자 줄이 스륵 딸려왔다. 풀기 쉽게 매듭을 지어놓은 것이었다. 무슨 의도인지 알아차릴 수 있었다. 그는 용병 단장을 죽이고 자신들을 귀족들에게 팔아넘기려는 부단장이 마음에 들지 않는 것이었다.

그래서 매듭을 쉽게 풀어질 수 있도록 만들어 놓았다. 그는 다른 사람의 손목을 묶고 다시 움직이는 용병의 등 뒤에 대고 고개를 까딱였다.

그 용병은 모르겠지만 자신은 그것으로 고마움을 표시하고 싶었다. 그는 조용히 자신 다음으로 밧줄에 묶인 사람에게 다가갔다. 그는 어안이 벙벙해 입을 열었다.

"어떻게 이럴수가……."

"잘 묶였나?"

은밀하게 물었다. 그에 무슨 말인가 하고 그를 바라보는 사내에게 그는 자신의 등 뒤에 묶인 손을 보여주더니 밧줄 한쪽 귀퉁이 잡아당겼다. 슬슬 풀려져 나오는 밧줄에 사내는 눈을 동그랗게 떴다.

그에 고개를 끄덕인다. 모두 결박이 완료된 상황에서 용병 부단장은 느긋하게 병사들을 기다렸다. 그들은 방심하고 있었다. 밧줄로 꽁꽁 묶어 놓은 돈 덩어리들이 있으니 당연할 것이다.

그때였다. 몇 명의 사내들이 움찔거리면서 움직이기 시작했다. 하지만 그 모양새는 그저 자리가 불편해 움찔거리는 것처럼 보였다.

용병들은 별 신경 쓰지 않았다. 병사들이 다가오는 소리가 점점 가까워지고 있었기 때문이었다.

"이봐! 마중 나가야 되지 않아? 잘못하면 저치들을 도와주는 용병들로 보일 수도 있겠는데?"

"그래? 그럼 네놈이 가봐."

부단장이 한 명을 지명했다. 바로 자신에게 툴툴거렸던 단원이었다. 그는 바로 자리를 털고 일어났다.

"제기랄!"

그는 기분 나쁘다는 듯이 입을 열었고, 근처에 있던 포박당한 사내와 눈을 마주치더니 멱살을 잡으며 괜히 험담을 했다.

"뭘 봐. 이 새끼들아? 고개 안 돌려? 이 새끼 죽을라고."

그런 사내를 보며 다른 용병들이 낄낄거렸다. 용병단 막내도 아니고 고참한테 잔심부름을 시키니 당연히 그럴만도 했다. 용병 부단장도 그저 별 지랄을 다 하는구나 하며 관심을 껐다.

"대충하고 다녀오지?"

"에이! 이런 씨부랄."

그는 포박당한 사내의 멱살을 풀어 던지며 가래침을 탁 뱉어냈다.

"씨발. 운 좋은 줄 알아라!"

그렇게 말을 하며 휘적휘적 걸어가는 사내를 보며 두려움에 벌벌 떨던 사내가 움찔거리며 일어났고, 그의 손 뒤에는 날카로운 단검이 쥐어져 있었다.

그는 은밀하게 그 단검을 갈무리했다. 그리고 슬금슬금 용병들이 있는 곳으로 움직이고 있었다.

그 어떤 용병도 사내의 그런 움직임을 눈치채지 못했다. 아니 무시하고 있었다는 것이 맞을 것이다. 그때 사내는 이미 병사들의 지척에 도착하고 있었다.

"서라! 누구냐!"

"여어~ 수고 많으십니다. 막스 용병단의 제임스입니다."

"뭐? 막스 용병단?"

"예에~ 그렇습니다요."

"그런데 여긴 왜 와 있지?"

날선 기사의 목소리가 들려왔다. 무어라 답을 해야 하는데 도망자들에게 시간을 벌어주고 싶어서 머뭇거리고 있을 때 기사들과 병사들의 뒤로 무언가가 보였다. 그는 불현듯 떠올랐다.

요즘 은밀하게 남부로 도망가는 백성들을 돕는 귀신같은 이들이 있다는 것을 말이다. 그는 지금 희끗하게 기사와 병사들의 뒤를 점유하고 있는 그들을 볼 수 있었다.

"아! 저기 그런데… 그 뒤에 있는 사람들은 누굽니까?"

"뭐? 뒤?"

그에 기사가 뒤를 돌아보는 순간 용병은 그대로 고개를 숙였다.

그 순간 빛이 번쩍였다. 그리고 핏물이 튀어 엎드린 용병을 덮쳤다. 다시 정적이 찾아왔다. 스물이 넘어가는 기사와 병사들이 순식간에 죽어나갔다.

툭!

무언가 용병의 등을 건드렸다. 용병은 살짝 허리를 폈다. 검은색 복면인이 커다란 쿠크리의 끝으로 자신을 가리키고 있었다. 그에 용병은 자신의 안위는 생각하지 않는다는 듯이 다급하게 입을 열었다.

"이곳으로부터 100미터 정도 가면 일단의 무리가 있수. 용병 스물다섯에 경계를 넘으려는 유랑민이 마흔넷이우. 용병 놈들이 그들을 잡아 귀족에게 넘기려고 하고 있수."

"넌 다른가?"

쿠크리를 든 복면인은 여전히 무심하게 물었다.

"똑같수만 그래도 인간으로서 해야 될 일이 있고, 하지 말아야 할 일이 있잖수. 내가 착한 놈은 아니지만 갓난아기까지 죽일 정도로 악한 놈도 아니우."

"기다려라."

그 말과 함께 복면인들이 움직였다. 그런데 그 움직임이 참으로 대단해 바로 앞에 있었음에도 불구하고 그들이 과연 움직였나 싶을 정도로 은밀하고 신속했다.

'대, 대단하다.'

그는 그렇게 느꼈다. 그리고 그가 그렇게 느낀 순간 어둠을 뚫고 들려오는 아스라한 비명과 함께 타고 들어오는 비릿한 피 냄새가 있었다.

"너의 말이 맞더군. 같이 가겠나?"

"그, 그야……."

"같이 갑시다."

자신이 시비를 걸며 단검을 건네줬던 사내가 말했다. 그에 고개를 끄덕이는 용병이었다.

그렇게 마흔네 명의 사람이 남으로 이동했다. 이런 이동은 비단 이곳에서만 일어나는 일이 아니었다. 동이든 서이든 모두 비슷한 일이 동시다발적으로 일어나고 있었다.

남부를 제외한 내전을 일으킨 세력은 모두 긴장했다.

백성들의 이탈은 더욱 심해졌고, 그 이탈에 병사들까지 동조하기 시작했다. 때문에 그들은 어쩔 수 없이 처벌을 강화하고, 경계선에 더 많은 병력을 배치할 수밖에 없었다.

상황은 점점 그들에게 압박으로 다가가고 있었다.

# 제3장

폭풍 속으로

"더 이상은 어렵습니다."

"그런가? 그렇다면… 출정한다."

"명을 따릅니다."


"재상이 움직였습니다."

"큭! 역시 그렇군. 우리도 출정한다."

"명!"


거의 동시라고 할 수 있을 정도로 세 세력은 한꺼번에 진군을 하기 시작했다.

　"진군하라아~"

　"진구운!"

　둥! 두둥! 두두둥!

　뿌우우~ 뿌욱! 뿌우우우~

　전고가 울리고, 뿔 고동이 시끄러운 소리를 내기 시작했다. 수십만의 병력이 오와 열을 맞춰 이동하기 시작했다.

　그들의 앞에는 남부의 거대한 평원이 점점 가까워지고 있었다.

　"참으로 장관입니다."

　"그러게 말이오. 진즉 이랬어야 했어요."

　"옳으신 말씀입니다."


＊　　　＊　　　＊


　"그들이 진군을 시작했습니다."

　"준비는?"

　"완벽합니다."

　"하면… 작전을 개시한다."

　"명!"

　라마나가 그의 명령을 받고 물러났다. 라마나가 대전을 나가는 것을 본 후 카이론은 자리에서 일어났다. 자리를 벗어나며 그는 잠시 스키피오를 바라보며 입을 열었다.

"없는 동안 잘 부탁드립니다."

"심려 놓으시길."

그것으로 끝이었다.

카이론은 고개조차 끄덕이지 않고 대전을 벗어났다. 그는 홀로 길고 긴 회랑을 걸어갔다. 그가 거처하는 임시 왕궁에는 아무도 없었다. 시종장도 하녀장도 보이지 않았다.

긴 회랑을 걸어가는 카이론의 전신이 점점 변해가기 시작했다.

예의 흑색의 갑주가 모습을 드러냈다.

그의 등 뒤로는 긴 망토가 흘러내렸고, 그 망토 사이로 그의 애병인 언월도의 손잡이가 삐죽 튀어나왔다.

그가 긴 회랑을 지나 임시 왕궁 밖으로 나왔을 때 그의 앞에는 350명의 호위대가 그를 맞이했고, 그들과 함께 조금 더 나아가자 1만 2천의 예니체리 사단이 대기하고 있었다.

그들의 앞에 카이론이 섰다.

카이론은 그들을 좌에서 우로 쓸어보았다. 그리고 나직하고 힘 있는 목소리로 입을 열었다.

"준비되었는가?"

"추웅!"

"전군! 진군하라!"

"추웅!"

카이론은 그 말을 외친 후 호위대가 끌고 온 말에 올라탔다.

그의 뒤를 350명의 호위대와 1만 2천의 예니체리 사단, 그리고 사단장으로 임명 된 맥그로우 공작이 온통 백색의 풀 플레이트 메일을 착용하고 따랐다.

어떻게 보면 그를 따르는 병력은 지극히 단출할지도 몰랐다. 그를 따르는 일곱 개의 별과 수만의 병력 중 겨우 한 개의 별과 1만 2천의 병력뿐이었으니까 말이다.

하지만 그들의 앞을 가로막을 수 있는 것은 별로 없어보였다.

그들은 어느새 백전노장이 되어 있었고 두려움을 모르는, 오로지 자신이 택한 주군을 위해 목숨을 바칠 준비가 되어 있는 강군 중에 강군이 되어 있었다.

그들의 걸음에는 자신감이 가득했고, 사기는 거칠 것 없이 충만했다.

쿠구구구궁!

거대한 성문이 열렸다. 그리고 그들은 질서정연하게 성문 밖으로 빠져나갔다. 그리고 빠르게 진군해 나가기 시작했다.

그들은 거칠 것이 없었다. 낮은 산을 넘고, 강을 건너 마침내 그들은 가장 치열한 전장이 될 곳으로 도착했다.

"저곳이로군."

카이론은 가장 높은 언덕에서 넓게 펼쳐진 평원을 바라보며 입을 열었다. 그의 곁으로 맥그로우 공작이 다가왔다.

"괜찮으시겠습니까?"

그녀가 물었다.

"공작은 어떤가?"

카이론은 도리어 그녀에게 물었다. 그녀가 카이론의 곁에 남아 있게 된 연유는 칠성 중 그녀가 가장 약하기 때문이었다.

물론, 여타의 기사들보다 그녀는 강하다. 하지만 일곱 개의 별 중에 치자면 그녀는 가장 말석을 차지할 수밖에 없었다.

이번 내전은 총력전이라고 할 수 있었다.

그렇기에 이번 전투에 모든 병력을 동원할 수 없었다. 왜냐하면 군사를 물리기는 했지만 나파즈 왕국은 여전히 카테인 왕국의 틈을 호시탐탐 노리고 있기 때문이었다. 그렇기에 재상이 된 스키피오 아프리카누스를 임시 왕궁에 남길 수밖에 없었다.

적은 세 방향으로 진군해 들어온다.

정북과 북서, 그리고 동쪽에서 말이다. 그 수효만 물경 40만에 이른다. 카테인 왕국의 병력뿐만 아니라 카렐리아 제국, 하인스 제국, 나파즈 왕국의 병력도 있었다.

이제 내전은 카테인 왕국만의 일이 아니었다. 분명 그 겉모습은 내전이었으나 속을 들여다보면 네 왕국의 각축전이요 대리전쟁이었다.

그렇지 않다면 바이큰 족과 아무리 오랫동안 전쟁을 치러 왔다고 하지만 한 왕국 전체의 병력도 아닌 내전을 일으킨 세력의 병력이 40만이 될 리는 만무하니까 말이다.

그리고 그 세 세력을 상대로 카이론이 이끌고 나온 병력은 고작 1만 2천. 정북과 북서 그리고 동쪽에 각 2만 5천의 병력을 보내고, 후방에 2만을 5천을 주둔시켰다. 모두 해야 겨우 11만 2천이었다.

평소라면 결코 작은 병력이 아니라 할 것이다. 하지만 40만의 병력과 맞서기에는 확실히 그 수가 적어 보이는 것은 어쩔 수 없었다. 여기서 카이론의 역할은 기동력을 이용해 적의 혼란을 가중시키는 역할이었다.

1만 2천이라는 수가 절대 적은 수는 아니다.

그런 수로 기동력을 살리기란 여간 어려운 것이 아니었다. 하지만 지금 자신의 뒤를 따르고 있는 1만 2천의 병력은 모두 말을 타고 있었다.

1만 2천의 기병. 그 말을 구해온 이는 바로 알프레드 슐리펜 공작이었다. 어떻게 구했는지는 묻지 않았다.

말을 구했고, 기마병이 될 수 있다는 것이 중요한 것이니까 말이다.

그러한 그가 가장 먼저 모습을 드러낸 곳은 동쪽의 귀족파가 있는 곳이었다. 그 귀족파는 카이론에게나 맥그로우 공작에게나 상당히 껄끄러운 존재들이 있었다. 카이론에게는 친부와 배 다른 형이, 맥그로우 공작에게는 가문을 멸문시키고 그녀에게 치욕을 안겨준 이가 있는 곳이었으니까.

또한, 현재 내란을 일으킨 세 세력 중 가장 강력한 명분을 가지고 있는 전대 국왕의 친동생이 귀족파에 속해 있었다. 그래서 그들은 서로를 걱정할 수밖에 없었다.

그들은 국왕과 공작의 관계를 떠나 어떤 동질감이 생성되고 있었다. 바로, 버려진 자들이라는 동질감 말이다. 아버지와 가문으로부터 버림받은 자 카이론 에라크루네스, 왕국과 세상으로부터 버림받은 자 캐슬린 맥그로우.

물론, 그들뿐만 아니었다. 카이론을 따르는 1만 2천의 예니체리 사단 모두가 버림받은 자들이었다. 그들이 끝까지 카이론을 따르는 이유가 바로 그것이었다.

카이론의 시선을 느낀 맥그로우 공작은 슬며시 고개를 돌려 저 멀리 평원에 펼쳐진 귀족파의 진영을 바라보며 무덤덤하게 입을 열었다.

"여리고 나약한 캐슬린 맥그로우는 이 자리에 없습니다.

카테인 왕국의 기사 가문이자 공신 가문인 캐슬린 맥그로우 공작이 여기 있을 뿐입니다."

"좋군."

그녀의 말에 그녀와 같이 적 진영이 펼쳐진 곳으로 시선을 두며 입을 여는 카이론이었다.

"국왕 전하께서는……."

"……"

맥그로우 공작이 물었다. 카이론은 답을 하지 않았다. 어색한 침묵이 흘렀다.

"정리해야겠지."

카이론의 말에 맥그로우 공작이 고개를 끄덕였다. 그가 그렇다면 그런 것이다. 지금껏 그가 내뱉은 말 중에 이루어지지 않은 것은 없었다.

승리한다면 승리했고, 추진한다면 무슨 일이 있어도 강력하게 추진했다.

귀족을 그저 명예직으로 만들어버렸고, 명예직임에도 불구하고 노블레스 오블리주를 실천하지 못한다면 그 책임을 물었다.

그는 의무와 권한을 확실히 했다. 모두가 그랬다. 평민부터 기사 그리고 귀족까지.

그리고 노예를 해방시켰다. 그들도 사람이라고 말이다. 귀족들은 반발했지만 그는 밀어 붙였다.

그들은 카이론의 말을 따를 수밖에 없었다. 따르지 않으면 추방했다. 귀족들은 물론 기사들까지 말이다.

강력한 일인 통치. 지금껏 그 누구도 하지 못했던 것을 카이론은 해내고 있었다. 그리고 그 결과는 지금 보는 그대로다. 그 누구도 40만의 대병력을 보고도 두려워하지 않았다.

그는 쫓겨난 귀족들과 기득권층에게는 마계의 마왕과 같은 존재일지 모르나 진정한 기사도를 추구하고 진정한 노블리스 오블리주를 실천하고자 하는 자는 그를 지지했다.

그는 약자를 보호하고 책임과 의무를 회피하지 않았다. 단지 너무 급진적인 면이 없지 않아 있었다.

하나, 그가 급진적이지 않았다면 나파즈 왕국을 물리치지 못했을 것이며, 1년이라는 유예기간을 획득하지 못했을 것이다.

그리고 그 1년 동안 남부를 장악하고 수많은 유랑민들을 받아들여 안정을 추구하지도 못했을 것이다. 이 모든 것이 불과 1년 만에 이루어진 것이었다.

도대체 그 누가 단기간에 이런 업적을 세울 수 있다는 말인가?

한마디로 그는 불가능을 가능으로 만든 장본인이었다.

그리고 그녀는 느낄 수 있었다. 혁명에는 피가 흐를 수밖에 없음을 말이다. 그는 혁명가이다. 진보적인 개혁가를 넘어서 한 세대를 아우르는 혁명가였다.

그는 호불호가 극명하게 갈리는 인물이라 할 수 있었다. 그렇다는 것은 마음으로부터 그를 인정하지 않으면 결코 그를 따를 수 없다는 것을 의미했다. 그는 이번 전쟁에서 반드시 승리해야만 했다.

그가 반드시 승리해야만 하는 이유는 그 개인적인 명예와 가족사도 중요하겠지만 그는 이미 이 왕국의 국왕이기 때문이었다. 현재 그는 카테인 왕국의 정통성이었다. 그가 패배한다는 것은 카테인 왕국이 사라진다는 것이라고 할 수 있었다.

그러니 그는 반드시 승리해야만 했다. 또한, 그는 가족에 얽매일 수 없었다. 권력을 쥐기 위해서든 아니면 역사에 기록될 자신의 모습 때문이든 그는 스스로 모든 것을 정리해야만 했다. 그 정리라는 것이 절대 용서는 아닐 것이었다.

그러하기에 다른 전장도 아닌 귀족파의 병력이 밀고 내려오는 지역으로 가장 먼저 도착한 것일 게다. 동쪽을 담당한 왕국의 병력과 귀족파의 병력이 대치하기까지는 꽤나 시간이 걸릴 것이다.

1만 2천이지만 말을 이용해 이동한 덕분에 동쪽 지역을 담당하는 남부군을 지나쳐 더 깊숙하게 들어온 상황이었기 때문이었다. 귀족파의 병력은 아직 그들이 이렇게 깊숙이 침투

하여 자신들을 정탐하고 있다는 것을 모르고 있었다.

그들은 한동안 말이 없었다. 그저 넓게 펼쳐진 적진을 바라볼 뿐이었다. 어떤 대응을 한다든지 어떤 작전을 계획한다든지 하는 것이 없었다.

"기습은 새벽 4시에 시작한다."

"명!"

"작전 시간은 30분. 주요 타격 목표는 군수물자와 이동수단이다."

"명을 따릅니다."

드디어 카이론의 굳게 닫혀져 있던 입이 열렸다.

결심을 굳힌 것이었다. 그의 부친과 배다른 형과 완벽하게 적의 입장으로 돌아선 것이었다.

'이제 시작이다.'

알카트라즈에 이은 두 번째 시작이었다. 그들은 은밀하게 움직였다. 말발굽 소리가 나지 않게 말발굽에 헝겊을 씌우고 이동했다. 그렇다고 하더라도 무려 1만이나 되는 병력이기에 그 시간은 꽤나 오래 걸렸다.

그러다 중간에 두 부대로 나눠 이동했다. 적들은 아직도 눈치채지 못하고 휴식을 취하고 있었다. 그들은 아직 자신들이 진다는 생각을 하지 못하는 듯 했다.

귀족군은 자신이 있었다. 1년 전 그들은 남부군과 전투를 치르기 전에 이미 국왕파로 대변되는 재상의 군대와 군부의 병력과 전투를 치렀다.

바로 경험이 있다는 것이다. 그리고 그들은 그 두 세력과 대등하거나 약간의 우세를 점했다. 지난 1년이라는 시간 동안 놀지도 않았고 말이다. 백성들은 어떠할지 몰라도 병사들은 더욱더 강력하게 조련되어 있었다.

그러하기에 자신들의 앞에는 오로지 승리만 존재한다고 생각하고 있었다. 그래야만 했고 말이다.

이 전투에서 패한다면 자신들은 설 땅이 없었다. 이미 명분마저 빼앗긴 상황에서 우격다짐으로 내전을 지속시키고 있으니까 말이다.

그래서 그들은 조금은 방심하고 있었다. 물론, 남부의 병력이 나파즈 왕국의 병력을 물리쳤다는 것을 모르는 것은 아니었다. 하지만 자신감이 지나쳐서 간과하지 말아야 할 것을 그들은 간과했다.

귀족파의 새로운 검으로 떠오른 에라크루네스 백작의 아들이라고는 하나 그의 입에서 직접 한 말이 있었다.

"그는 나의 아들이 아니다. 그저 귀족의 권익을 위해 반드시 없어져야만 할 잘못된 길을 걸어가는 군주일 뿐이다."

그를 아들이라 부르지 않았다. 또한 그는.

"나의 정식 후계는 수아레스 에라크루네스다."

그리고 만인이 보는 앞에서 대련을 가졌다. 모두가 상대가 안 될 것이라 생각했다. 그도 그럴 것이 수아레스 에라크루네스는 겨우 중급에 이른 귀족일 뿐이었다. 힐데만 백작의 외손자이기에 실력이 출중하기는 하지만 최상급이라는 친아버지를 뛰어넘기에는 어렵다는 것을 모두가 알고 있었다.

하지만 어떻게 된 일일까? 수아레스 에라크루네스는 자신의 아버지와 가진 대련에서 압도적으로 밀어붙였다. 그것을 믿지 못한 몇몇의 기사들이 대련을 신청했으나 수아레스 에라크루네스를 당해낼 수는 없었다.

그리고 마지막 대련에서 그는 자신의 실력을 확실하게 보여줬다. 바로 소드 마스터의 전유물인 오러 블레이드였다.

하나, 일반적으로 알려진 백색의 오러 블레이드가 아닌 칠흑의 오러 블레이드였다.

불길했다. 하지만 귀족들은 환호했다. 왕국에 한 명 있기도 힘든 소드 마스터가 자신의 진영에 있음에 말이다. 불길한 칠흑의 오러 블레이드는 그렇게 유야무야 넘어갔다. 그리고 수아레스 에라크루네스는 귀족파의 신성으로 떠올랐다.

새로운 영웅의 탄생은 외모가 전혀 달라졌거나, 기괴한 성정이 되어버린 수아레스 에라크루네스의 변화를 덮었다.

무력. 그 하나로 그는 귀족파의 신성이 된 것이었다. 그렇기에 그들은 자만했다.

그들을 막을 수 있는 세력은 아무도 없었다. 그런 자신감은 13만에 이르는 병력 중 가장 선봉에 선 선봉대에서도 여실이 드러나고 있었다.

물론, 군부대의 경계를 섬에 있어 가장 취약한 새벽 네 시라는 점도 있기는 하지만 말이다.

그렇다 해도 경계를 서는 병사가 눈을 실실 감으며 고개를 떨구는 것은 군부대의 기강이 그만큼 해이해졌다는 것을 증명하는 것이라고 할 것이다.


어둠 속에서 적진을 바라보며 말을 몰았다.

처음에는 걸었다. 하지만 조금씩 속력을 내기 시작했으며, 기어코는 거칠게 말을 몰아가기 시작했다.

두두두두두!

적막한 평원.

지축을 울리는 말발굽 소리가 적의 진중을 뒤흔들었다.

"무슨?"

대지를 울리는 소리에 경계를 서던 병사들과 기사들이 화들짝 깨어나 어둠 속을 응시했다. 아무것도 보이지 않았다. 하지만 이내 점점 사물이 분간되기 시작했다.

"저, 적이다!"

"적이다아~"

때대대대댕!

"비사아앙!"

"비사앙!"

진중이 갑자기 시끄러워지기 시작했다.

무기를 챙기고 방어구를 착용하고 막사를 나와 훈련받은 대로 침착하게 대응했다. 하지만 그들에게는 더 이상의 여유가 없었다.

1만의 거친 예니체리 사단이 진영 안으로 들이닥쳤다.

그 선두에는 카이론이 있었고, 그를 그림자처럼 따르는 맥그로우 공작이 있었다.

그녀가 일곱 개의 별 중 가장 약하다고는 하나 이미 마스터에 오른 기사였다. 그녀의 앞길을 막아설 자는 없었다.

카이론과 맥그로우 공작은 마치 가을날 밀을 수확하듯이 자신들을 향해 쇄도해 오는 적병들과 기사들을 베어나갔다.

카이론의 언월도가 움직임에 네댓 개의 목이 솟구쳐 올랐고, 맥그로우 공작의 클레이모어가 휘둘러짐에 길이 열렸다.

"돌파한다!"

두두두두둑!

"크하아악!"

"마, 막아라!"

"궁수는 뭣들하는가? 활, 활을 쏘란 말이다."

"방패를 들어라! 견뎌라!'

예니체리 사단은 거대한 파도가 되었다. 그들의 앞을 가로 막는 모든 것을 뒤엎었다. 기사든 병사든 상관이 없었다.

모든 시선이 바로 거대한 파도처럼 덮쳐드는 기마병에게 쏠렸다. 그러는 순간.

"무슨… 컥!'

"컥!'

군마를 관리하는 곳과 군수물품을 관리하는 곳에 일단의 무리가 모습을 드러냈다.

그들은 서슴없이 경계를 서는 이들의 목을 베어버렸고, 사 방을 밝히기 위해 피워놓은 화톳불 속에서 불타오르고 있는 장작 하나를 들어 건초 더미에 던졌다.

화르륵!

말들에게 먹일 건초 더미가 순식간에 불타올랐다. 그 불은 한 방향에서 시작되지 않고 동시다발적으로 네다섯 군데에서 한꺼번에 시작되었다. 적의 기습으로 경계가 혼란해진 그 순 간을 이용한 것이었다.

"부, 불이야~!'

누군가 외쳤다. 하지만 지금 적의 기습을 받아 대부분의 병 력은 그곳으로 향한 상황. 불타오르는 건초 더미를 진화할 여력은 없었다.

"불이야… 컥!"

다시 한 번 크게 외치던 자는 갑자기 입이 떡 벌어지며 그대로 뒤로 넘어갔다. 그 병사의 옆으로 하나의 그림자가 나타나 가볍게 피 묻은 검을 털어냈다. 그는 잠깐 화광이 충천한 건초 더미를 바라보더니 나직하게 입을 열었다.

"후회할 것이다."

그리고 다시 다음 임무를 수행하기 위해 모습을 감췄다.

그가 사라지자 몇 명의 기사들과 몇 백의 병사들이 나타나 건초 더미에 물을 부어 불을 진화하기 시작했다.

그때였다. 말을 가둬뒀던 마사의 우리가 박살 났다.

콰직!

"햐아!"

누군가 말을 몰았다.

히히이잉!

갑자기 말이 울기 시작하더니 박살 난 마사를 뚫고 사방으로 흩어지기 시작했다.

"마, 말이 달아난다."

"말을 잡아!"

짐말이든 전투 말이든 길들여진 말이다. 아무리 다급하다고 하더라도 말고삐를 잡고 잡아당기면 충분히 진정시킬 수 있을 것이라 생각했다. 하지만 그들이 생각하지 못하고 있는 것이 있었다.

바로 말 꼬리에 달린 불붙은 건초였다. 그들이 생각하는 것을 예니체리가 생각하지 못할 리가 없었다. 그래서 그들은 한 발 더 나갔다. 꼬리에 불붙은 건초 더미를 달아놓은 것이었다. 그러니 아무리 길들여진 말이라고 해도 진정이 될 리가 없었다.

아니 오히려 더욱 광폭하게 날뛰며 앞발을 들어 병사들을 찍어 내리고 있었다. 병사들은 애지중지하던 말의 발굽에 피를 흘리며 쓰러져 갔다.

"마, 말을 죽여!"

결국 그들이 택할 수 있는 방법은 그것뿐이었다. 진정되지 않고 날뛰는 말은 적군보다 더 무서웠다. 사방으로 흩어지며 날뛰는 말들을 지켜보던 카이론은 명을 내렸다.

"전속 퇴각!"

그의 곁에 있던 인장기를 들고 있던 기사가 인장기를 번쩍 들어 올려 좌에서 우로 길게 세 번 흔들었다.

그 직후 카이론은 그대로 말을 내달렸다.

"이노옴. 어딜 도망 가려하느냐!"

그의 앞길을 막아서는 일단의 귀족과 기사가 있었다.

그들은 이미 인장기가 있는 곳에 적의 사령관이 있음을 알았다. 하지만 홀로 돌격하지는 않았다. 사령관을 호위하는 호위 병력이 있을 것이니까 말이다.

그들의 생각은 정확히 맞았다. 하지만 그들이 생각하지 못한 것이 하나 있었다. 바로 카이론을 호위하는 호위대의 실력 말이다. 강할 것임을 알았지만 자신들보다 강하리라고는 생각하지 않았다.

촤아악!

가장 선두에서 돌격해 들어오던 이의 목이 허공에 떠올랐다. 카이론이 손을 쓸 새도 없이 그를 호위하는 호위대원들에게 목숨을 잃은 것이었다.

"감히 누가 국왕 전하의 앞길을 막는다는 말이더냐?"

호위대의 대장으로 임명된 마이어 슈바르츠가 외쳤다. 그는 상사라는 딱지를 떼고 호위 단장이라는 직함을 받았다. 동시에 자작의 작위까지 수여받았다.

호위대의 모두가 남작의 작위를 받았다.

작위를 받았지만 카이론의 방침에 따라 노블리스 오블리주를 실행해야 했고, 영지 또한 없었다. 그들에게 있어 작위는 그저 무공 훈장보다 못한 명예직일 뿐이었다.

그들은 그저 카이론의 호위대로 있는 그 자체로만으로도 충분했다.

"말도 안 되는 소리!"

슈바르츠 단장의 말에 누군가 외쳤다. 말도 안 된다.

국왕이란 일국의 수장이다. 한 왕국을 이끄는 수장이 기습 작전에 참여한다? 도대체 어느 왕국에 그런 경우가 있단 말인가? 하다못해 일군을 이끄는 사령관조차도 직접 기습 작전에는 참여하지 않는다.

그런데 스스로 카테인 왕국의 국왕임을 자처하는 자가 기습 작전에 참여하고 그것도 선두에 서 있다? 전혀 상식적이지 않은 외침이기에 그 누군가는 그 말을 일소에 부쳤다.

하나.

쫘아악!

말도 안 된다는 소리를 하던 기사의 신형에 수직으로 혈선이 생겨났다. 그리고 핏물이 베어난다 싶더니 이내 검붉은 핏물을 분수처럼 쏟아내며 갈라졌다.

"우웨에엑!"

누군가 토악질을 해댔다. 인간과 말이 한꺼번에 둘로 갈라지다니. 어찌 상상이나 할 수 있었겠는가? 하나, 실제 그런 무지막지한 일이 그들의 눈앞에서 벌어진 것이었다. 어떤 병사는 쏟아지는 핏물을 고스란히 뒤집어쓰고, 무기조차 떨어뜨린 채 벌벌 떨고 있었다.

"내가 바로 카테인 왕국의 28대 국왕인 카이론 에라크루네스다! 살려는 자. 남으로 오라!"

그는 말을 외치는 도중에도 두세 명의 기사의 목을 베었다. 그와 호위대의 주변에는 공간이 생겨나고 있었다. 그 뒤로 예니체리 사단이 종대로 줄을 맞추고 있었다.

그들의 종대 대열은 흐트러지지 않았다. 수많은 공격이 있음에도 불구하고 그들은 어떤 표정의 변화도 보이지 않으며 카이론의 뒤를 따랐다. 그 누구도, 그 어떤 이도 그들이 가는 길을 막아내지 못했다.

기사들과 귀족들은 그 어마어마한 무력에 입을 떡 벌린 채 그들을 막으라는 명령조차 내리지 못하고 있었다.

1만 2천 명에게서 뿜어져 나오는 지독한 투기에 입마저 얼어붙은 것이었다. 카이론은 앞으로 내달리면서 선봉대의 사령관으로 보이는 자에게 외쳤다.

"전하라! 혈채를 받아낼 시간이 되었다고."

그 말과 함께 그의 안장 옆에 있던 창을 집어 들더니 그대로 사령관을 향해 집어 던졌다.

슈화아악! 콰아아앙!

창이 박힌 자리에서 거대한 폭음이 들려오며 흙구덩이가 움푹 파였다. 사령관은 급하게 자리를 피했기에 다행히 상처는 없었다.

하나, 가슴 한쪽 구석이 서늘해짐은 어쩔 수 없었다. 그와 자신과의 거리는 거의 100미터가 넘어가는 거리였다.

그러함에도 그가 던진 창은 힘을 잃지 않았고, 오히려 자신을 밀어내며 커다란 흙구덩이를 만들어 버렸다.

그리고 또 하나. 이 시끄러운 전장에서 자신의 귀에 정확하게 전달되는 그의 음성. 전율할 수밖에 없었다.

'설마……'

설마라는 생각을 했지만 확신이 깃들어 있었다.

그는 오직 자신들만이 보유하고 있다고 생각했던 소드 마스터일지도 모른다는 확신에 가까운 생각 말이다.

그는 본 적이 있었다. 최상급의 기사를 마치 어린아이 다루듯하는 마스터의 위엄을 말이다.

두두두두!

그들이 사라져 갔다. 무려 1만 2천의 병력이 짧게 기습을 하고 사리지는 것이 불과 몇 분 사이에 벌어졌다.

다시 진영은 정적이 감돌았다. 하지만 이내 비명 소리와 악다구니와 같은 소리로 인해 시끄럽게 변해가고 있었다.

겨우 삼십 분 그 정도의 짧은 시간이었다.

그냥 스치고 지나갔다고 해도 과언이 아닐 시간이었다.

그런데…….

그들이 쓸고 지나간 후 폐허처럼 변한 진중을 볼 수 있었다. 아직도 불타오르고 있는 건초 더미, 사방으로 날뛰고 있는 말의 울음소리와 살려달라고 외치는 병사들의 외침, 그리고 비릿하게 콧속으로 스머드는 혈향까지 그 짧은 시간에 일어났다고는 믿을 수 없는 광경이었다.

"허어~"

허탈한 음성이 새어 나왔다. 한마디로 눈 깜짝할 새였다. 사령관은 자신의 옆에 박혀 있는 창을 바라봤다. 일반적인 창이었다. 그냥 병사들이 들고 다니는 그런 창.

그런 창은 아직도 힘이 남아 웅웅거리고 있었다.

"추적대를……."

"쫓을 수 있겠나?"

"물론입니다."

추적할 수 있다는 귀족을 빤히 바라보는 사령관. 자신과는 다른 줄을 타고 있는 자였다.

"할 수 있다면."

"알겠습니다."

그는 바로 추적대를 구성했다. 지금 상황이 자신에게 기회라고 생각하는 것 같았다.

부사령관은 대략 5천의 병력으로 추적대를 구성했다. 선봉대의 인원은 3만, 하지만 기습을 받은 동안 인명 피해는 거의 없었다. 사망이 1천 안팎이니 말이다.

믿을 수 없었다. 시끄러웠다. 여기저기에서 비명이 터져 나오고 있었다. 그런데 고작 1천 명 안팎이 죽었단다.

"어떻게 그럴 수가 있지?"

"적의 주목적은 건초 더미와 군수품인 것으로 보입니다."

"하면……."

"건초 더미의 3분의 2가 불타올랐고, 짐말과 전투마의 3분의 1이 소실되었습니다."

"군수 물품은……."

"전소입니다."

"……."

전소라는 말에 입을 닫아버리는 사령관이었다.

어둠을 통해 번개처럼 쳐들어왔다 목적만 달성하고 번개처럼 빠져나갔다. 진영을 밝히기 위해 켜 놓은 화톳불이나 횃불을 무용지물로 만들어 버렸다. 넓게 퍼져 기습을 했고, 한데 모여 눈 깜짝할 사이에 빠져나갔다.

"후우~ 일단은 정리하게."

"알겠습니다."

부관에게 지시를 내린 사령관은 추적대를 편성해 부사령관이 사라진 어둠 속을 바라보았다. 아직도 대지를 통해 둔중한 느낌의 말발굽 소리가 고스란히 전달되어 오고 있었다.

'결코 적은 수가 아니었을 터인데…….'

그러다 이내 생각을 털어내듯 고개를 저어버렸다.

'상관없겠지. 돌아오지 못한다면 정적 하나 없애는 것뿐

이니.'

그는 그렇게 간단하게 생각했다. 실제 관여할 생각도 안했다. 적을 추적하는 그가 문제가 아니라 지금의 기습을 어떻게 수습하느냐가 더 큰 문제니까 말이다.


추적대의 선봉에 선 부사령관이 미친 듯이 말을 몰아갔다.

"서둘러라. 멀리가지 못했을 것이다."

그는 기사들과 병사들을 닦달했다. 반드시 적의 꼬리를 잡아 섬멸하고야 말겠다는 의지를 가지고 있었다.

'어둠 속이라 적의 수효가 많아보였을 뿐이다. 그렇기에 빠르게 사라진 것이다.'

그는 그리 생각했다. 사실 어둠 속에서 적의 병력을 파악한다는 것은 상당히 어려운 일이다. 그저 대략적으로 얼마의 병력이라고 추측할 뿐이었다. 그런데 갑작스런 기습에 우왕좌왕하는 사이 그들의 기습은 그야말로 순식간에 끝이 났다.

'반드시 죽인다!'

부사령관의 눈에서 불똥이 튀었다.

대체 무엇이 그를 이렇게 집착하게 하는가? 모를 일이었다. 그렇게 기사들과 병사들을 독촉한 결과 멀지 않은 곳에 적들의 꽁무니가 보였다. 그에 부사령관은 말을 세웠다.

"저쪽으로 가면 어느 쪽인가?"

그의 물음에 옆에 있던 부관이 사전에 준비한 군사지도를 펼쳐 보였다. 그리고 한 곳을 가리켰다. 부관이 가리킨 곳에는 아탈라라는 글이 새겨져 있었다. 부사령관은 잠시 아탈라를 일견한 후 손가락으로 그어 아탈라에서 멀지 않은 곳을 가리켰다.

"이곳에서 매복한다."

"하나……."

"지금 출발한다."

"알겠습니다."

부관의 말 따위는 아무런 의미가 없었다. 부사령관은 자신의 생각을 종용할 뿐이었다.

"출바알!"

그들은 적들과 다른 방향으로 말 머리를 돌렸다. 기병으로 이루어진 적들을 앞서가기 위해서는 부지런히 움직여야 하기 때문이었다. 그것을 아는지 모르는지 카이론이 이끄는 부대는 후퇴를 하고 있었다.

일부러 퇴각 속도를 늦추면서 말이다. 그러다 마침내 말을 멈춰 세우는 카이론이었다.

"지도!"

그가 외치자 슈바르츠 단장이 품속에서 군사지도를 꺼내 들었다.

"적들이 말 머리를 돌렸다."

"본대로 복귀하는 것은 아닐 것입니다. 그 방향이 다르니 말입니다."

카이론의 말을 맥그로우 공작이 받았다.

"그렇다면?"

카이론이 물었다. 그에 슈바르츠 단장이 무언가 생각난다는 듯이 입을 열었다.

"아마도 이곳에서 매복을 하지 않을까 싶습니다."

슈바르츠 단장이 가리킨 곳은 귀족파 선봉의 부사령관이 가리킨 곳과 정확히 일치했다. 그들의 공통점이란 부사령관도 슈바르츠 단장도 이곳 출신이 아니라는 것이었다. 한마디로 지도상으로만 지역을 파악했다는 것을 의미했다.

결국 보는 관점은 다르지 않다는 것이었으나, 슈바르츠 단장은 그것을 꿰뚫고 있다는 것이었다. 그것은 슈바르츠 단장의 풍부한 전장 경험에서 우러나온 것이라 할 수 있었다.

"시간을 준다."

카이론은 고개를 끄덕이며 그들이 매복을 할 수 있도록 시간을 준다고 했다. 시간을 준다고 해서 기다리는 것은 아니었다. 그저 행군 속도를 조금 늦추고, 그들이 원하는 방향대로 움직여 주는 것이었다.

그리고.

"호위대와 2천의 병력만 나를 따르고, 맥그로우 공작이 1만을 인솔한다."

"알겠습니다."

그렇게 말하면 다 알아 듣는다. 결국 이중의 계략을 사용한다는 것일 게다. 맥그로우 공작은 1만의 병력을 다시 나눠 적을 포위할 것이고, 카이론은 스스로 그들의 미끼가 되어주는 것이다. 저들에게 절망을 안겨주게끔 말이다.

"출발한다!"

병력을 나누고 말고가 없었다. 이미 그럴 줄 알았다는 듯이 자연스럽게 2천의 병력이 카이론을 따라 나섰다. 카이론이 어둠 속으로 사라질 때 맥그로우 공작은 다시 명을 내렸다.

"전속 이동옹!"

그녀의 명을 따라 어둠 속에서 지축을 흔드는 소리를 내며 1만의 병력이 이동하기 시작했다. 잠시 후 평원은 다시 정적 속으로 잠겨들었다.

\*　　　\*　　　\*

부사령관이 어둠 속을 직시하고 있었다. 병사들과 기사들을 닦달한 끝에 적들보다 먼저 자신이 생각한 지점에 도착할 수 있었고, 매복을 할 수 있었다. 그리고 숨을 골랐다.

적들은 기습을 성공적으로 마쳤다고 생각했는지 몰라도 행군 속도가 느려 지친 체력을 충분히 회복할 정도의 시간을 가질 수 있었다.

그리고 얼추 어둠이 조금 옅어질 때쯤 적의 모습이 보였다.

'역시!'

예상했던 대로였다. 어둠 속에서는 상당한 수의 병력이라고 생각했으나 어둠에 익숙해진 눈과 조금은 밝아진 시야로 헤아려 본 적들의 수는 겨우 2천 남짓이었다. 부사령관은 자신의 생각이 맞았음을 확인했다.

척!

손을 들어 올리자 전령들이 움직였다. 준비 신호였다. 적을 맞이할 준비 말이다. 긴장과 적막이 흐르고 적들은 서서히 그 모습을 드러내고 있었다.

그런데.

갑자기 적들이 말을 멈춰 세웠다.

'설마… 들킨 것인가?'

가슴을 졸였다. 긴장감에 자신들도 모르게 마른침을 삼켰다. 그때 적들이 다시 말을 움직였다. 그리고 점점 더 빠르게 몰아갔고, 매복 지점과 가까워질수록 말의 속도는 최고도로 달하여 마치 불을 향해 내리꽂히는 부나방처럼 날아들었다.

'조금만. 조금만 더.'

부사령관은 외쳤다. 공을 세울 수 있었다. 그 이전에 복수를 할 수 있었다. 자신의 형인 챨스턴 알폰소 자작 대한 복수를 말이다. 그의 입술이 기괴하게 일그러졌다.

잠시 후의 전투를 생각함에 절로 전신이 떨려오고 혈류가 온몸을 급박하게 휘감아 도는 것을 느꼈다.

그때였다.

쉬아아아악!

어둠 속을 뚫고 한 자루의 날카로운 빛이 그를 향해 날아들었다. 처음엔 인지하지 못했다. 창이라고 하기에는 그 거리가 너무 멀었기 때문이었다. 적어도 1킬로미터 이상은 이격 된 거리였으니까.

그래서 아무 생각 없이 바라볼 뿐이었다.

"어엇!"

"위, 위험!"

곁에 있던 부관이 그를 밀었다.

콰직! 콰아앙!

창이 내리꽂히며 거대한 폭음이 들려왔다. 어둠 속임에도 불구하고 흙먼지가 피어오르는 것이 보였다. 순간 부사령관은 얼이 빠졌다. 지금의 상황을 전혀 감지하지 못한 것이었다.

"설마……."

"어서 명령을!"

누군가 외쳤다. 아직도 정신을 차리지 못한 부사령관의 귀에는 아득히 먼 곳에서 들려오는 목소리 같았다.

"부사령관 각하!"

누군가 그를 흔들어 깨웠고, 부사령관은 그제야 정신을 차리고 어둠 속의 전방을 바라보았다. 1킬로미터가량 멀리 있었던 이들이 어느새 매복 지점의 코앞까지 달려오고 있었다. 하지만 그들이 달려오는 기세는 전혀 줄어들고 있지 않았다.

"대기!"

부사령관의 명이 떨어졌고, 매복 병력은 대기했다. 그리고 그들이 매복 초입을 지나고 중간쯤 도달했을 때 부사령관의 입이 열렸다.

"공격하라!"

마침내 그의 명령이 떨어졌다. 그에 매복하고 있던 병력이 일제히 일어나며 불을 붙인 통나무를 굴렸고, 화살을 쏘았으며, 거대한 바윗돌을 수도 없이 굴려 보냈다.

"와아아~ 죽어라!"

"화살을 쏴라아~"

"불을 붙인 통나무를 굴려라!"

그런데 좌우에서 공격을 받는 남부 병력의 움직임이 이상했다. 마치 알고 있었던 것처럼 어느새 말에서 내린 후 몸 전체를 가리는 파비스를 바닥에 단단히 박고 버텼다.

완벽한 방어대형이었다. 화살조차 소용없었다.

투두두둑! 콰가가강! 드드득!

화살이 튕겨 나갔고, 불이 붙은 통나무는 순간적으로 몇 조각으로 나눠졌으며, 바윗돌마저 파비스에 부딪힌 후 가루가 되어가고 있었다. 전혀 피해를 입히지 못한 상황이었다.

평소였다면 그 원인을 분석하려 했을 것이나 너무나도 흥분한 나머지 부사령관은 원인 분석을 망각한 채 명령을 내렸다.

"돌겨억! 돌격하라아~"

검을 빼들고 외쳤다. 그에 병사들과 기사들은 그의 명을 충실하게 이행했다. 그들은 미친 듯이 언덕을 달려 내려가 파비스로 견고하게 방어진을 형성하고 있는 적들을 향해 쇄도해 들어갔다.

그러나 적들은 거북 대형을 유지한 채 꼼짝도 하지 않았다. 마치 스스로 지쳐 쓰러지라는 듯이 말이다.

"우와아악!"

콰아앙!

창으로 찌르고 검으로 내려쳤다. 하나, 그들은 여전히 요지부동이었다.

"죽엇!"

한 명의 기사가 검에 마나를 담아 파비스를 내려쳤다. 그 순간 거짓말처럼 파비스가 열리며 유성처럼 밝은 빛이 터져 나왔다.

"공격하라!"

"우와아아악!"

갑자기 파비스가 열리며 2천이 넘는 인원이 사방으로 검을 휘두르며 뛰쳐나왔다. 처음에는 당황해 어찌할 바를 모르다 이내 적들의 수가 얼마 되지 않음을 안 이들은 맹렬하게 검을 휘두르며 달려들었다.

"적은 소수다! 공격하라! 공격하라아~"

그 가장 선두에는 예의 부사령관이 있었다. 그는 승리는 당연하다고 생각했다. 하지만 이내 그 생각을 바꿔야만 했다.

"쳐라~"

한 사내를 중심으로 모여 있던 3백여 명의 기사들이 움직일 때 말이다. 그들의 검에는 마나가 서려 있었다.

3백여 명의 기사가 한꺼번에 오러 스트림과 오러 포스를 시전한 그 모습은 실로 장관이라 할 수 있었다.

"무슨……"

말도 안 된다. 1백이면 몰라도 무려 3백이 넘어가는 수가 전부 익스퍼트라는 것은 말이다. 그 믿지 못할 상황에 부사령관은 해연히 놀라 입을 벌렸다.

그때였다.

"우와아~"

"모두 섬멸하라~"

그들의 등 뒤로부터 거대한 함성이 들려왔다.

이건 적은 수의 함성이 아니었다. 심장이 우렁우렁 울릴 정도의 둔중한 울림이었다.

"저, 적이다!"

"배후에 적이다아~"

"으아아아악!"

"사, 살려줘어~"

화들짝 정신을 차린 부사령관이 어둠 속에서 자신을 포위해 들어오는 적의 병력을 바라보았다. 그 선두에는 어둠과 대비되는 순백색의 풀 플레이트 메일을 입은 기사가 있었다.

순간 부사령관은 깨달을 수 있었다.

자신이 죽여야 할 자가 거기 있음을 말이다.

"우와아악!"

그 순간 부사령관은 미친 듯이 검을 휘두르며 순백의 기사를 향해 쇄도해 들어갔다.

"부, 부사령관 각하!"

부관이 그를 불러세워도 소용없었다. 그는 이미 정신을 잃은 것 같았다.

"캐슬린 맥그로우. 네 이녀어언!"

하나 그는 더 이상 앞으로 진격할 수 없었다.

콰아아앙!

"커흐으윽!"

자신의 허리를 가격하는 극통에 자신도 모르게 새우처럼 허리를 구부리며 밀리듯이 말에서 떨어져 내린 탓이었다.

"누, 누구냐?"

그는 극통에도 불구하고 참아내며 자신을 공격한 이를 바라보았다.

"카이론 에라크루네스."

"네놈이!"

알고 있었다. 병신이라고 과거에 그를 놀리고 쥐 잡듯이 괴롭혔던 기억이 있으니 말이다.

"우와아악! 죽어랏!"

그의 검에서 오러 스트림이 시전 되었고, 일반인의 동체 시력으로는 쫓을 수 없을 정도로 빠르게 카이론을 향해 쇄도해 들었다. 보통이었으면 카이론은 그저 단칼에 목을 베어버렸을 것이다. 하나, 카이론은 그러지 않았다.

쉬아악! 콰직!

"꺼어억!"

부사령관은 마치 끈 떨어진 연처럼 훌훌 날아올랐고, 몇 명

의 기사가 그를 받으려 했지만 그들조차도 그 힘을 이기지 못
해 함께 나동그라졌다.

카이론은 알고 있었다. 눈앞에 있는 자가 과거, 자신에게
치욕을 주었던 자란 걸 말이다.

"넌 챨스턴 알폰소의 동생 매그니토 알폰소로군."

# 제4장

역습

*Warrior*

"네놈······."

설마했을 것이다. 하지만 설마 속에는 두려움이 존재했다.

그 두려움은 자신의 형의 죽음으로 인해 분노로 바뀌었다. 매그니토의 눈동자가 시뻘겋게 변해갔다.

그런 매그니토를 바라보며 카이론은 걸음을 옮겼다. 그의 전신에는 무거움이 흘러내리고 있었다. 마치 세상의 모든 것을 내려다 보듯이 말이다. 그에 매그니토의 입술이 일그러지기 시작했다.

"감히······."

파박!

매그니토는 땅을 박차고 올랐다.

"멍청한 놈. 내가……."

뻐억!

"끄윽!"

날아오는 매그니토의 안면을 강타하는 카이론. 마치 얼굴이 함몰되듯이 핏물을 게워내며 다시 튕겨 나가는 매그니토였다.

"아직도……."

튕겨 나가는 매그니토를 따라 붙는 카이론. 한 손으로 매그니토의 멱살을 잡고, 한 손을 말아 쥔 채 매그니토의 복부를 강하게 공격했다.

퍼어엉!

마치 가죽 북 터지는 듯한 소리가 들려왔다. 매그니토는 비명조차 지르지 못했다. 그저 눈을 찢어질 듯 부릅뜨고, 입을 떡 벌릴 뿐이었다.

"과거의……."

쉬하아악! 콰아앙!

"큭!"

카이론은 멱살을 잡고 있던 손을 크게 휘둘렀다. 마치 헝겊으로 만든 인형처럼 허공을 유영하는 매그니토를 그대로 땅에 처박아버렸다. 폭음이 들려오며, 답답한 신음성이 터져 나왔다.

카이론은 다시 매그니토를 들어 올렸다. 허공에 대롱대롱 매달린 매그니토의 얼굴은 참으로 가관이었다. 흙먼지가 묻어 지저분했으며, 그 흙먼지 사이로 핏물과 함께 콧물인지 눈물인지 모를 액체가 쩍쩍 갈라진 거북의 등껍질처럼 깊은 골을 만들어내고 있었다.

"카이론으로 보이던가?"

"……."

하지만 매그니토는 말이 없었다. 이미 정신이 혼미한 상태였기 때문이었다.

하나, 카이론은 그것조차 허용하지 않았다.

쫘아악!

"푸후욱!"

오른손으로 매그니토의 뺨을 후려쳤다. 핏줄기가 쭈욱 퍼지며 매그니토가 정신을 차렸다.

"그런 것이더냐? 내가 아직도 과거에 네놈의 가랑이를 기던 카이론 에라크루네스로 보이더냐?"

정신을 차린 매그니토를 자신의 얼굴 앞으로 끌어당기며 카이론이 물었다. 분노한 카이론의 뜨거운 입김이 매그니토의 전신을 옭아맸다. 매그니토는 전신을 가늘게 떨었다.

'무섭다……'

그랬다. 무서웠다.

한 점의 감정도 담겨 있지 않은 눈동자, 분노한 것인지 기뻐하는 것인지 모를 담담한 목소리, 목이 끊어질 것처럼 단단하게 옭아맨 손아귀, 마치 목을 간단하게 비틀어 버릴 것 같은 기세.

그 누구에게도 손찌검 한 번 당해보지 않았고 언제나 위에서 아래로 내려다보던 자신이었다.

자신은 누구보다 고귀한 존재였고, 그렇기에 그 누구에게도 무시당하지 않아야만 했다.

그런데 그 모든 것이 단 한 명에 의해 한순간에 무너져 내리고 있었다. 과거 자신의 발아래에서 벌벌 떨고 헛바닥으로 자신의 신발을 핥았던 버러지 같은 존재에게 말이다.

처음엔 분노가 일었다.

하나, 그 분노가 공포로 바뀌는 데는 오랜 시간이 걸리지 않았다.

단 몇 번의 고통. 내장을 가닥가닥 끊어 놓을 것 같고, 전신의 뼈라는 뼈는 모두 잘게 부서지는 것 같은 고통은 이성을 마비시켰고, 그의 고귀한 정신을 바닥에 저 밑까지 끌어내리고 있었다.

"정신 차려라. 아직 끝나지 않았다."

카이론은 공포에 젖어가고 있는 매그니토의 귓가에 입을 대고 나직하게 그리고 아무런 감정조차 담겨져 있지 않은 목소리로 속삭였다.

매그니토는 전신의 피가 싸늘하게 식어가는 것을 느꼈다.

쫘아악!

볼에서 화끈한 감각이 느껴졌다.

휘청!

매그니토의 신형이 흔들렸다. 아픔을 느낄새도 없이 카이론이 다시 반대쪽 팔을 휘둘렀다.

쩌억!

매그니토는 쓰러질 수 없었다. 서 있는 그 자세 그대로 마치 죽은 나무가 된 듯이 카이론의 주먹세례를 받을 뿐이었다.

신음조차 흘러나오지 않았다. 그 누구도 카이론의 주변으로 다가가지 못했다.

카이론의 전신에서 폭사되는 범접할 수 없는 투기는 그의 곁으로 그 누구의 접근도 허용치 않았으니 말이다. 그리고 그를 호위하는 350명의 호위대 때문에라도 어떤 누구도 접근할 수 없었다.

호위대는 자신이 호위하고 있는 카이론의 과거가 어떻든 신경 쓰지 않았다. 중요한 것은 과거가 아니라 현재였다.

그리고 현재 자신들은 카이론을 호위해야 했고, 지금은 그 누구도 접근시켜서는 안 됐다.

"끄어어억!"

그리고 마침내 매그니토가 끈 떨어진 연처럼 허공을 훌훌 날아 움푹 파인 구덩이 속에 처박혔다. 그의 전신은 가늘게 떨리고 있었다.

본능적으로 두려움에 반응한 것이리라. 정신은 어떠할지 모르지만 그의 육체는 카이론의 무서움을 각인하고 있을 것이었다.

"살려주지."

부르르.

카이론의 말에 매그니토의 신형이 격하게 흔들렸다.

"살아서 돌아가라. 그리고 살아간다는 것이 얼마나 고통스러운지 느껴라. 내가 그렇게 만들어 주마. 네가 과거 나에게 했던 것처럼 말이다."

카이론의 복수는 아직 끝나지 않았다. 그리고 이렇게 간단하게 끝낼 생각도 없었다. 그들이 자신에게 했던 것처럼, 아니, 자신에게 했던 것 그 이상으로 되갚아 줄 것이다.

어떤 이는 그에게 똑같은 놈이 될 것이냐고 물을 것이다.

그러면 카이론은 답할 것이다.

'난 더 잔인한 놈이 될 것이다' 라고 말이다.

그들에게 잔인이 무엇인지 알려 줄 것이다. 그러기 위해서는 이들을 살려줘야 했다.

이놈의 형인 챨스턴은 너무 간단하게 죽었다. 그것은 맥그로우 공작이 자신처럼 잔인하지도, 강하지도 못했기 때문이었다.

그녀는 빠르게 자신의 트라우마를 지우고 싶어 했을 뿐이었다. 그녀는 그녀의 방식대로 자신의 트라우마를 지운 것이고 자신은 자신의 방식대로 트라우마를 지울 것이다.

누군가 그랬다. 복수는 복수를 낳을 뿐이라고. 복수의 끝은 허망함만이 남을 뿐이라고. 하지만 그것은 복수만을 목표로 한 삶을 살았기 때문일 것이다.

카이론은 복수만을 위해 살아가지 않는다. 복수보다 더 원대한 계획이 있다. 자신의 복수는 약간의 유희일 뿐이었다.

카이론은 피를 흘리며 전신을 가늘게 떨고 있는 매그니토를 일별한 후 신형을 돌려세웠다. 어느새 전장은 어느 정도 정리되고 있었다. 이미 자신들의 사령관인 매그니토가 개처럼 두들겨 맞을 때부터 전세는 기울었다.

아무리 못난 사령관이라 하더라도 사령관은 사령관이다. 사령관이란 가장 높은 곳에서 모두를 지휘하는 자를 말한다. 그 상징성과 존재감은 그 사령관을 따르는 이들에게 있어서 절대적이라 할 수 있었다.

그런 사령관이 힘 한 번 제대로 쓰지 못하고 개처럼 두드려 맞는데 기세가 꺾이지 않을 병사들이 대체 어디 있을까? 거기에 믿었던 기사들마저 정말 허무하게 사라져 버렸다.

저 거대한 체구의 사내를 호위하는 몇 백의 기사들과 긴 백발의 백마 그리고 백색의 풀 플레이트 메일을 입고 거대한 클레이모어를 자유자재로 휘두르는 한 명의 마녀에게 제대로 된 저항조차 하지 못하고 개전 초기에 모두 죽임을 당했다.

그들은 마치 가을날 들판에 널린 과일을 따듯 그들의 목을 쳐냈다. 두 번의 휘두름은 없었다. 일 검에 한 명의 기사가 죽어나갔다. 단 한순간에 백발의 마녀라는 별명이 붙어버린 맥그로우 공작의 주변에는 일정 공간이 생겨날 정도였다.

쉬칵!

그녀의 클레이모어에 한 명의 기사가 저항조차 하지 못한 채 죽어갔다. 그녀의 검은 막는다고 막을 수 있는 것이 아니었다. 이미 그녀는 극에 이른 최상급의 기사였다. 일개 기사가 도대체 무슨 수로 그녀를 막을 수 있다는 말인가?

막을 수 없었다. 검으로 막으면 검이 잘려 나갔고, 창으로 막으면 창이 잘려 나갔으며, 아예 막아내는 방패와 함께 기사의 풀 플레이트 메일을 헝겊 조각을 잘라내듯 베어냈다.

그 무시무시한 무력을 어찌 병사들이 감당할 수 있을까?

"항복하라! 살려준다!"

그녀의 외침에 병사들은 주춤거리며 물러났다. 그들이 망설이는 동안 또 몇 명의 병사들이 죽어갔다. 병사들은 비명조차 지르지 못했다.

쉬이익!

맥그로우 공작은 자신의 애검을 날카롭게 휘둘렀다. 그녀의 눈앞에는 공포에 휩싸인 병사가 존재했다. 병사는 자신이 들고 있던 방패와 도끼를 집어 던지고는 무릎을 꿇고 두 손을 번쩍 들어 올림과 동시에 눈을 감았다.

항복이라는 말을 외쳐야 하나, 너무나도 무서운 나머지 항복이라는 말조차 입 밖으로 낼 수 없었다.

그런데 기적과 같은 일이 일어났다.

우뚝!

맥그로우 공작의 검이 멈춰졌다. 아무리 숙련된 기사라 할지라도 가속도를 더한 중병에 장병인 클레이모어를 멈춰 세운다는 것은 지극히 어렵다.

하지만 그녀의 클레이모어가 멈췄다. 그리고 이내 다른 곳으로 말 머리를 돌려세웠다. 항복한 이상, 이미 전의를 상실한 이를 군이 죽일 필요는 없음이었다.

그것이 시작이었을까? 그녀가 가는 곳을 중심으로 무기와 방어구를 집어던지고 무릎을 꿇고 항복하는 병사들이 늘어났다.

그런 모습은 마치 파도와 같아서 끊임없이 연결되고 있었다. 그리고 마침내 그녀가 다시 말 머리를 돌려세웠을 때 멀 쩡하게 서 있는 병사들이나 기사들은 존재하지 않았다. 더 이 상의 전투는 무의미했다.

그녀의 시선이 한곳으로 향했다. 바로 이들의 사령관이었 던 매그니토가 있던 곳이었다. 겹겹이 인의 장막이 쳐져 있었 지만 그녀의 시선을 가로막을 수는 없었다. 그리고 그녀는 볼 수 있었다.

마치 구겨진 휴지 조각처럼 움푹 파인 구덩이에서 간헐적 으로 떨고 있는 매그니토 알폰소를 말이다.

그에 그녀의 얼굴에 아쉬움이 스쳐 지나갔다.

'그를… 너무 쉽게 죽였던 것이로군.'

그녀는 깨달았다. 복수는 결코 쉽게 끝을 내서는 안 된다는 것을 말이다.

'나는 아직 너무 약하군.'

그랬다. 약했다. 신체적으로는 일시적으로 마스터의 힘까 지 낼 수 있는 최상급의 기사였지만 정신적으로는 너무나도 나약했다. 자신의 과거와 직면함에 스스로 나약해지고 말았 던 것이다.

그래서 그를 죽였던 것이다. 죽이지 말았어야 했다. 살려 야만 했다. 그래서 자신의 눈앞에서 가문이 무너지고 무기력 한 자신의 모습에 절규해야만 했다. 평생 동안 말이다.

단숨에 숨통을 끊는 것은 너무나도 자비로운 행동이었던 것이다.

'나는 조금 더 강해져야 한다.'

그것이 그녀가 내린 최종적인 결론이었다. 육체적으로도 그러했고, 정신적으로도 그러했다. 그녀는 조금 더 자신을 몰아붙이기로 했다.

"사령관과 기사들은 어찌하실는지."

"돌려보낸다."

"알겠습니다."

카이론의 지시를 받은 맥그로우 공작이 움직였다.

우선 기사들과 아직 숨이 붙어 있는 사령관을 묶어 말에 태웠고 병사들에게는 의견을 물었다. 돌아갈지 아니면 남을지 말이다. 병사들의 의견은 반으로 갈렸다.

남는 자가 있는 반면에 돌아가려는 자들이 있었다. 돌아가겠다는 자들은 무장해제를 시키고 그들에게 기사들과 사령관의 말고삐를 맡겼다.

"출발!"

맥그로우 공작의 명에 따라 그들이 터벅터벅 움직이기 시작했다. 완전히 비무장이 된 그들의 발걸음은 무거웠다. 잠도 제대로 못자고 밤새 달렸다. 그리고 치열한 전투를 치렀으며, 이제는 다시 달려온 길을 걸어가야만 했다.

심신이 피로에 지쳐 있는 상황이라 할 수 있다. 그러한 그들을 바라보며 카이론은 다시 명을 내렸다.

"식사 후, 휴식에 들어간다."

적은 다시 올 것이다. 하나, 저들이 본대에 가는 동안의 시간은 남아 있었다.

또한, 저들은 이제 경거망동하지 않고 더욱 경계를 철저히 할 것이다. 그럴 때는 무리하게 기습을 할 필요가 없었다.

이곳에 있는 인원은 1만이 넘어간다. 1만이라면 결코 적은 병력이 아니었다. 기습은 적이 예상치 못한 장소에서 예상치 못한 시간에 공격해야만 했다. 그러기 위해서 충분한 휴식과 식사는 필수라고 할 수 있었다.

여기서 말하는 것은 바로 전투 휴식이었다.

지금은 엄연히 전투 중. 모든 긴장의 끈을 풀어 놓을 수는 없었다. 거기에 포로가 아닌 남기를 원하는 병사 1천 5백 가량이 있으니 이들을 복귀시킬 방안도 마련해야 했다.

2천의 병력을 따로 편성해 그들을 본대로 안내하도록 하고, 그들을 온전하게 남부군으로 편입시키도록 조치를 취해야만 했다. 또한, 카이론은 1만의 병력을 다시 나눴다.

첫 기습은 성공했다.

적 역시 1만이라는 대병력으로 기습을 할 줄은 생각하지 못했을 것이다. 스스로 방심했다고 생각할 것이다. 그리고 경계를 강화할 것이다.

더 이상 대규모의 기습은 당하지 않겠다고 다짐할 것이다.


＊　　　＊　　　＊


"이게… 뭔가?"

선봉대의 사령관. 안데르손 구스타프 자작은 자신의 눈앞에 고깃덩이처럼 보이는 자를 보며 입을 열었다.

"매그니토 알폰소 남작입니다."

"끄응! 병사들은?"

"기사 20에 병사 1천여 명입니다."

"전멸이로군."

"……."

구스타프 자작의 말에 부관이자 참모인 스미르노프 남작은 입을 닫았다. 보지 않아도 알 수 있었다. 부사령관인 매그니토 알폰소 남작을 따라 나선 기사는 1백 명이었다. 그리고 병사들은 5천이고 말이다.

5천의 병사 중 1천이 조금 넘는 인원과 20명의 기사만이 돌아왔다. 그것도 돌아온 20명의 기사마저도 전투 불능인 상태였다. 팔이 잘렸거나 인대가 끊어졌다. 다시는 검을 잡을 수 없었고 섬을 잡는다 하더라도 종전과는 전혀 다른 사람이 될 것이었다.

"뭐라고 하던가?"

"1만이 넘는 병력이라 했습니다."

"뭐? 1만?"

"그렇습니다."

"끄응!"

기어코 앓는 소리를 내는 구스타프 자작이었다. 밤중이고 혼란 중이기에 얼마 안 되는 병력인 줄 알았다. 그런데 자그마치 1만이라고 한다. 문득 구스타프 자작은 의구심이 들었다.

"어떻게 그럴 수 있지? 1만이 전부 기병이었던가?"

"그랬다고 합니다."

"허어~"

허탈한 탄성이 나왔다. 설마 1만이라는 대병력을 기습에 사용할 줄이야. 누가 상상이나 했겠는가? 전면전이 아닌 기습이었고, 그 결과 건초 더미의 3분의 2가 소실되었고, 짐말과 전투마의 3분의 1이 사라졌다.

또한, 군수물품은 전소되어 버렸다. 가장 큰 손실은 역시 군수물품이라 할 수 있었다. 군수물품 없이는 전투를 할 수 없으니 말이다. 물론, 이곳에서 기다린다면 군수물자가 보급될 것이다.

그러나 그동안 적이 또다시 기습을 하지 말라는 법은 없었다.

"보급 부대는 어디쯤에 있나?"

"이곳으로부터 삼 일 거리입니다."

"그들을 노리겠군."

"전략을 아는 이라면… 그렇습니다."

"어찌해야 할까?"

"진군을 늦추고, 원군을 보내야 합니다."

지극히 기본적인 대응이라고 할 수 있었다. 그들은 식량이 없어 말을 도축할 지경이었다.

"남은 건초 더미에 맞춰 짐말과 전투마를 잡아 식량을 대신한다."

"알겠습니다."

"그리고… 보급 부대의 규모가 어떻게 되지?"

"대대급입니다."

"통신병이 있겠군."

"그렇습니다."

"통신 연결해."

"명!"

구스타프 자작의 명을 받은 스미르노프 부관이 사라지자 구스타프 자작은 아직도 간간이 경련을 일으키고 있는 알폰소 남작을 물끄러미 바라봤다. 그러다 문득 고개를 들어 입을 열었다.

"치유 마법사가 있나?"

"여기 대령했습니다."

곧바로 대기하고 있던 치유 마법사가 앞으로 나섰다. 그에 구스타프 자작은 턱 끝으로 알폰소 남작을 가리키며 입을 열었다.

"힐을 시전하게. 그리고 회복을 돕도록 하게."

"명을 따릅니다."

치유 마법사가 손짓을 하자 병사 둘이 앞으로 나와 알폰소 남작을 들것에 실어 날랐다. 대충 정리가 된 듯 싶었다.

"후우~"

구스타프 자작은 가볍게 한숨을 내쉬었다. 쉽지 않았다. 자신과 다른 라인을 타고 있기는 하지만 알폰소 남작이 결코 사리분별을 못하고 무작정 공격을 하지는 않았을 것이다. 실제 기사들을 통해 들어보면 완벽한 기습 작전이라고 할 수 있었다.

한데, 상대는 그런 기습 작전을 힘으로 찍어 눌러버렸다.

그리고 오히려 역습을 가해 포위해 섬멸해 버렸다. 상대에게는 분명 뛰어난 지략가가 있음을 여실히 보여주는 일전이라고 할 수 있었다.

자신이 지략가는 아니지만 한눈에 보아도 전장의 모든 상황이 그려지는 듯했다. 그때 부관이 들어왔다.

"통신 연결했습니다."

한 명의 마법사가 녹색 빛이 일렁이는 수정구를 꺼내 들었다.

"선봉대 사령관 안데르손 구스타프 자작이다."

[충성! 보급 군단 산하 보급 대대 대대장 드미트리 소콜로프 중령입니다.]

상관에 대한 예를 올리는 소콜로프 중령. 그에 구스타프 자작은 손을 저어 그의 군례를 받았다.

"부관에게 들었겠지만 기습이 있을지도 모른다."

[들었습니다. 하나…….]

"가볍게 보아서는 안 될 것이다. 1만이나 되는 기습 병력이다. 전멸당할 수도 있어."

[하면, 어찌해야 합니까?]

기습이라는 말은 들었지만 기습 부대가 1만이라는 대규모 병력이라는 것은 듣지 못했는지 화들짝 놀란 표정을 지어보이는 소콜로프 중령이었다.

"일단 주변 지형을 정찰한 후에 적당한 방어진지를 구축해야 한다."

[하지만…….]

소콜로프 중령은 말을 흐렸다.

그가 이끄는 부대는 보급 부대이지 전투 부대가 아니었다. 만일을 대비해 전투 병력이 있기는 하지만 온전하게 보급을 위해 짜여진 부대라는 것이었다.

"버텨라. 삼 일만 버티면 된다."

[삼 일이면 됩니까?]

"5천의 병력을 보낼 것이다. 그리고 다시 본대로 통신을 넣어 추가 병력을 보낼 것이다. 귀관의 병력이 미끼가 되어 줘야겠다."

[그……]

무언가 할 말이 있어 보이는 소콜로프 중령이었다. 그 할 말을 모를 리 없는 구스타프 자작이었다. 말을 하려는 소콜로프 중령의 말을 가로막고 구스타프 자작이 다시 입을 열었다.

"적의 기습 부대에는 자칭 카테인의 국왕이라 하는 자가 있다. 그자를 잡는다면 귀관은 대단히 큰 공을 세운 것이고, 1계급, 아니 2계급 특진을 할 수도 있을 것이다. 이것은 안데르손 구스타프 디 폰티악의 이름으로 다짐하는 바이다."

자신의 풀 네임을 들어 확신을 주었다. 그에 소콜로프 중령은 굳은 결의를 다지는 표정을 지어 보였다.

[반드시 해내겠습니다.]

"부탁하지."

그가 말을 끝내자 소콜로프 중령의 모습이 흐려졌다. 통신 마법사가 통신구에 마력을 끊은 것이었다.

"가장 가까운 전투 부대가 어디지?"

"좌군의 선발인 와이번 부대가 있습니다."

"사령관이 누구지?"

"패트릭 비에이라 자작입니다."

"흐음, 하필."

구스타프 자작은 미간을 찌푸렸다. 자신과의 관계가 썩 좋은 자가 아니었다. 그는 상당히 탐욕스러운 자이기도 했으니까. 하지만 어쩔 수 없었다. 이 난국을 타개하기 위해서는 반드시 그의 도움이 필요했으니까.

"통신 연결하게."

"알겠습니다."

비에이라 자작과 통신이 연결되었다. 예의 녹색의 빛이 퍼지며 사각형의 까무잡잡한 얼굴이 모습을 드러냈다.

[호오~ 구스타프 자작이 먼저 통신을 요구할 때가 다 있군.]

"그렇게 되었네."

[그래. 무슨 일인가?]

"기습을 받았네."

[기습? 그렇군. 피해는?]

마치 자신이 상관이라도 되는 듯한 말투였다. 그에 부관이

발끈하려 했다. 같은 자작이고 같은 사령관이다. 위가 어디 있고, 아래가 어디 있겠는가? 그런데 저 거만한 표정은 대체 뭐란 말인가?

"경미하지. 지금 중요한 것은 피해가 중요한 것이 아니라 우리를 기습한 인원이 1만이라는 것이네."

[뭣! 1만?]

"그러하네."

[허어~]

1만이라는 소리에 비에이라 자작 역시 말도 안 된다는 표정을 지어 보였다. 사태가 결코 만만치 않다는 것을 깨달았음인가? 신중한 표정으로 물었다.

[그런데 왜?]

"그들이 보급 부대를 기습할 수 있네. 그들의 기습으로 본대의 군수물품이 전소되고, 말과 소 역시 3분 1일이 사라졌네. 물론, 건초 더미는 3분 2가 전소되었고, 그 기습 부대를 추적하던 부사령관은 초주검이 되어 겨우 1천 안팎의 병사들과 복귀했네."

[본대가 움직일 수 없겠군.]

욕심은 많은 자이나 그래도 귀족이고 군사적인 지식이 상당한 자였다. 구스타프 자작의 말을 모를 리 없었다.

"그렇지."

[해서 어떻게 하자고?]

"미끼를 이용해야지."

[호오~ 보급 대대를 미끼로 사용하자는 것인가?]

"그들이 버티는 중 포위 섬멸하면 될 것 같더군."

[한데, 나에게 떨어지는 이득이 없지 않나?]

역시 이득을 먼저 챙겼다. 그리고 구스타프 자작은 마치 그럴 줄 알았다는 듯이 입을 열었다.

"그 1만을 이끄는 자가 카이론 에라크루네스라고 하더군."

[……!]

비에이라 자작의 눈동자가 커졌다. 그의 눈동자는 탐욕으로 물들어 가고 있었다.

"그를 넘기지."

[좋군. 얼마의 병력이면 되겠나?]

"결코 적은 병력으로는 그를 잡을 수 없음을 알 것이네."

[그렇지. 그래. 좋네. 전군을 움직이지.]

"좋군. 현재 본작의 가용 인원은 1만 정도이네."

[상관없겠지. 어차피 포위 섬멸전이니.]

"그럼. 미끼의 위치는 암호로 보내주지."

[좋아. 통신은 언제나 개방해 두지.]

거래가 성립되었다.

"사령관 각하!"

그에 보고만 있던 부관이 입을 열었다.

"아무 말 말게. 그리고 바로 준비하게. 이번이 아니면 그를 잡을 수 있는 기회가 다시 오기 힘드니까 말이네."

"알… 겠습니다."

마지못해 답을 하는 부관이었다. 그는 마뜩잖았다. 저 돼지 같은 자에게 모든 공을 돌린다는 것 자체가 말이다. 그때 구스타프 자작의 음성이 다시 들려왔다.

"그리고 사령부에 방금 내가 언급한 모든 작전을 상세히 전하고 허락을 구하게. 또한, 좌군 사령부에도 이번 작전은 공조이지 독단이 아니며 이 작전의 중심에는 비에이라 자작이 아닌 본작에게 있음을 알리게."

구스타프 자작의 말에 그제야 시원스럽게 웃으며 군례를 올리는 부관이었다.

"명!"

"바로 출발한다."

\*　　　\*　　　\*

넓은 평원.

일단의 군부대가 보급품을 가득 싣고 이동하고 있었다. 하지만 무언가 서두르는 듯 사방을 경계하며 발을 재촉하고 있었다. 그리고 그러한 그들을 멀리서 지켜보는 일단의 무리가 있었으니 그는 다름 아닌 카이론이었다.

카이론의 뒤에는 350명의 호위대와 5천의 병력이 기도비닉을 유지하면서 은밀하게 이동하는 적의 보급 부대를 노려보고 있었다.

"확편된 대대급 병력으로 대략 2천 5백 명 정도로 보입니다."

"꽤 되는군."

"기습에 대해 전파가 된 모양입니다."

"그렇겠지."

카이론과 대화를 나누고 있는 자는 바로 슈바르츠 단장이었다. 일개 병사로 시작해서 카이론을 만남으로써 하사관이 되었고, 이제는 호위대의 단장이 된 그였다. 병사로 시작했다고는 하나 풍부한 전장 경험 덕에 적의 이동하는 모습만 봐도 앞뒤 상황을 꿸 수 있을 정도였다.

"하면, 언제가 좋을까?"

"가장 취약한 새벽 4시경이 어떨까 합니다."

"기습이 전파되었다면 그 정도는 예상했을 텐데?"

"아마 지형을 이용하지 않을까 합니다."

슈바르츠 단장이 하고 싶은 말은 바로 그들이 지형을 이용해 진지를 마련할 것이고, 그렇다면 그 지형을 믿어 약간의 틈이 벌어질 수도 있다는 것일 게다.

"한데, 너무 허술하군."

"아마 저들도 어쩔 수 없었을 것입니다. 본대와 각 전투 부대의 간격이 있기 때문입니다. 또한, 기습을 예상할 수도 없는 상황에서 기습을 받았으니 말입니다. 저들이 할 수 있는 것은 최대한 빨리 경로를 벗어나 목적지에 도착하는 것이 최선이라 할 수 있습니다."

"좋군."

확실히 자리가 사람을 만든다는 말이 맞는 듯하다.

물론, 그 이전에 차곡차곡 쌓여 온 경험이 가장 큰 역할을 하겠지만 그래도 본인의 노력이 없다면 결코 이뤄낼 수 없는 식견이라 할 수 있을 것이다.

"새벽 4시로 하지. 그리고 어디쯤일 것이라 생각하나?"

"이곳에서 한 시간 반 정도의 거리에 나지막한 분지가 있습니다. 자연적으로 형성 된 것인데, 분지에 의지한다면 충분히 두 배 이상의 병력을 막아낼 수 있을 정도는 될 것입니다."

"준비하도록."

"명!"

그들은 새벽 기습을 위해 준비했다. 수적으로 압도하고 있었다. 확대 개편되었다고는 하나 보급 부대의 전투를 위한 병사는 고작 2천 내외. 나머지는 보급품을 관리하는 병사들이 대부분이었다. 물론, 그들이 전투에 참여한다면 4천 정도로 늘어나기는 하지만 기본적인 훈련만 거친 관리 병사들을 어찌할 수 없으리라고는 생각할 수 없었다.

그런 관리 병사들은 3천이든 5천이든 전투에 전혀 변수를 만들지 않는다. 아무리 양이 많다고 하더라도 사자 한 마리를 당해내지 못하는 것처럼 말이다. 자신들은 사자였고, 관리 병사는 양들이었다.

하지만 그렇다 하더라도 최선을 다해야만 했다. 사자라고 해도 가죽이 베이지 않는 것은 아니었고, 검이 배를 뚫으면 죽는 것은 마찬가지였으니까 말이다. 방심은 곧 죽음으로 이어지는 것이 전장이니까.

적의 수를 확인하고 말 머리를 돌려 예상되는 지점으로 이동했고, 은밀하게 비트를 파 몸을 숨겼다.

밤이 깊어지고, 보급 대대는 슈바르츠 단장이 예상한 대로 자연적으로 형성된 분지에 진지를 마련했다.

그러고도 마음이 놓이지 않은지 경계 병력을 촘촘하게 배치했다. 확실히 기습에 대한 사항이 전파된 것이 분명해 보였다. 하지만 하루 종일 긴장한 채 상당한 거리를 이동한 탓인지 자정이 넘어가자 눈을 부릅뜨고 경계를 서던 그들이라 할지라도 어쩔 수 없었다.

꾸벅! 꾸벅!

피곤했던지 보급된 창대에 의지해 2인 1조의 경계병 모두 고개를 방아질하면서 졸고 있었다. 고개가 꺾이지 않은 것이 이상하다 생각될 정도로 말이다. 가까이서 들으면 나직하게 코까지 골았다.

툭! 툭!

누군가 졸고 있는 병사의 어깨를 건드렸다. 하나, 병사는 귀찮다는 듯이 손을 휘휘 젓고는 다시 단잠에 빠져 들었다. 그러다 갑자기 무엇이 생각난 것일까? 눈을 번쩍뜨며 부리나케 자리에서 일어났다.

"누구… 컥!"

무언가 말을 할 새도 없었다. 병사는 그대로 뒤로 넘어갔다. 그에 약간의 소란스러움을 느낀 또 다른 병사가 잠에서 깨어났다.

그는 주변을 둘러보다 자신의 옆에서 창대에 기대어 잠들어 있는 병사를 보더니 피식 웃으며 다시 창에 기댔다.

그 순간 병사의 콧속으로 스며드는 비릿한 냄새가 있었다. 병사는 코를 킁킁거렸다. 그러다 그 비릿한 냄새가 옆에 앉아 졸고 있는 병사에게서 난다는 것을 알아차리고 병사를 자세히 살피며 살짝 밀어 봤다.

스르르륵! 툭!

창대에 기대 있던 병사의 몸이 스르르 모로 쓰러졌다.

"저… 끄륵!"

적이라고 외치고 싶었을 것이다. 하나, 결코 입 밖으로 낼 수는 없었다. 목을 울릴 수 있는 성대에서 검붉은 핏물이 분수처럼 쏟아져 내렸기 때문이었다. 한 곳이 정리되었다. 하지만 모두가 그렇게 은밀하게 정리되는 것은 아니었다.

"저, 적이다아~ 꺼억!"

적이라는 소리를 외치고 죽음을 맞이한 병사가 있었다. 그에 고요하게 잠들어 있던 병사들과 기사들이 깨어났고, 보급 대대의 대대장 소콜로프 중령이 막사를 제치고 밖으로 나왔다.

"공격하라!"

"와아아아~"

그와 때를 같이하여 카이론의 외침이 터져 나왔다.

그의 명에 따라 5천에 이르는 병력들이 물밀듯이 밀려들어 갔다. 그들은 거칠 것이 없었다. 단숨에 확대 개편된 보급 부대의 모든 것을 박살 낼 듯이 들이닥쳤다.

"막아! 막으란 말이다!"

"방진을 형성하라! 방패를 들어!"

어느새 그들이 보급해야 할 군수품은 불길에 휩싸여 있었고, 고삐 풀린 말은 이리저리 미친 듯이 날뛰기 시작했다.

기사들은 풀 플레이트 메일을 다 갖춰 입지도 못하고 전투마에 올라 쏟아져 들어오는 남부군을 막아내려 했다.

하나, 중과부적이었다. 이미 두 배는 아니더라도 자신들의 병력을 훨씬 초과하는 적의 수와 기습한 모든 이들이 기사와 맞먹는 무력을 가진 기마병이었다. 기마병 한 명이 보병 열에 해당하니 이미 전력이 기울었다고 해도 과언이 아니었다.

"꺼어억!"

한 명의 기사가 피를 뿌리며 말 위에서 떨어져 내렸다. 떨어져 내린 기사를 일별하는 카이론이었다.

뭔가 빠졌다. 우왕좌왕하는 것은 맞았다. 그런데 이상했다. 뭔가 조금은 위화감이 들었기 때문이었다.

카이론은 고개를 들어 전면과 측면 등 사방을 훑어보았다. 그리고 마나를 더욱더 강력하게 돋워 사방을 마치 스캔하듯이 훑어 내렸다. 그러고는 그의 얼굴이 침중하게 굳어졌다. 수없이 많은 이들이 이곳을 포위하고 있는 것이 그의 감각에 걸렸기 때문이다.

'당했군.'

상대를 너무 쉽게 봤다. 물론, 자신 역시 이것을 예상하지 못한 것은 아니었다. 하지만 상대의 반응이 상상을 초월할 정도로 빨랐다. 그가 생각하는 귀족이라면 절대 이런 속도로 대응하지 못할 것이라 생각했다.

하지만 그것은 실수였다. 이곳도 사람이 사는 곳이다. 아무리 부패한 귀족이라고 해서 머리가 전혀 없는 것은 아니니까 말이다. 상대를 가벼이 여긴 대가는 무척이나 컸다. 그는 통신 목걸이에 구원을 요청하고 외쳤다.

"집결!"

그에 보급대대를 철저하게 파괴하던 5천의 예니체리가 그를 중심으로 모여들었다. 슈바르츠 단장이 의문이 가득한 눈동자로 그를 바라봤다.

"포위당했다."

그의 말이 있은 직후 예니체리는 둥글게 원형을 형성해 방진을 만들었다. 그들이 방진을 형성하자마자 적막한 밤하늘을 가르는 둔중한 소리가 들려오기 시작했다. 그 소리는 한 곳에서만 들려오는 것이 아니라 동서남북 네 방향 모두에서 들려오고 있었다.

이윽고 적의 군대가 모습을 드러냈다.

얼추 보기에도 족히 4만은 넘어보였다. 한마디로 발 디딜 틈 없이 사방이 적군으로 둘러싸인 것이라 할 수 있었다.

고작 5천의 기습 병력을 막기 위해 4만의 병력을 동원한다는 생각 자체가 실로 대단하다 할 것이었다.

'소탕대실이로군.'

카이론은 쓰게 웃었다. 지금까지 그는 단 한 번도 작전에 실패한 적이 없었다. 언제나 적의 뒤통수를 치는 움직임과 적재적소의 습격과 적보다 한 번 더 생각하는 작전이었기 때문이었다.

하지만 카이론이 간과하고 있는 것이 있었으니, 그때 그들은 카이론이라는 인물을 몰랐다. 그가 어떤 작전을 구사하고 어떤 힘을 가지고 있는지 말이다. 아니 알고 있었다 하더라도 애써 무시했다.

귀족들은 무능했다. 학습을 해도 자존심 때문에 그 학습의 효과를 줄여버린다. 하지만 귀족도 분명 사람이었다. 카이론이 생각하면 그들 역시 생각할 수 있다는 말이 된다. 카이론은 그것을 간과한 것이었다.

"본작은 중군 선봉 사령관 안데르손 구스타프 자작이다. 누가 카이론 에라쿠르네스더냐?"

그들은 카이론을 왕이라 인정하지 않았다. 왕이라 칭하지 않을뿐 자신들은 자신들이 따르는 자를 왕으로 섬기고 있었다. 게다가 그를 왕이라 칭하고 인정하면 자신들은 반란군이 되어 역모를 도모한 역적이 되니 카이론을 왕이라 칭하고 싶어도 칭할 수 없었다.

"나다!"

카이론은 말을 몰아 앞으로 나서며 입을 열었다. 구스타프 자작은 설마 불렀다고 나올 줄은 몰랐다는 듯이 살짝 놀란 얼굴이었다.

"크하하하! 네놈이었구나! 감히 카테인 왕국의 왕임을 자처하는 자가 말이다."

그때 비에이라 자작이 거칠게 입을 열었다. 그에 구스타프 자작은 인상을 살짝 찌푸렸다. 아무리 상대를 왕으로 인정하지 않는다 하더라도 최소한 자신들보다는 윗자리에 있는 자였다. 그 명성이나 지위를 보면 말이다.

하지만 군이 비에이라 자작을 말리지는 않았다. 전투에서 예의를 찾을 필요는 없었다. 역사는 승자의 편이니까 말이다.

여기서 카이론을 잡고, 남은 두 세력을 평정한다면 역사는 자신들의 이름을 기억할 것이다.

"그래서?"

하지만 비에이라 자작의 격장지계에 넘어갈 카이론이 아니었다. 호칭쯤은 상관없다는 듯이 무척이나 담담하게 되물었다.

"뭐?"

"나는 나를 소개했는데, 넌 왜 소개가 없나? 넌 가문도 없는 종자인가?"

"무어라! 네 이놈. 진정 네놈이 죽고 싶은 모양이로구나."

오히려 카이론의 말에 길길이 날뛰는 비에이라 자작이었다. 그런 비에이라 자작을 바라보며 서늘한 미소를 떠올리는 카이론이었다.

"돼지같이 뒤에서 소리치지 말고, 일군의 수장이라면 직접 나서라."

카이론의 말에 얼굴이 시뻘게진 비에이라 자작이 외쳤다.

"누가 저놈의 목을 따올 테냐?"

"소장이 나서겠습니다."

그에 한 명의 기사가 앞으로 나섰다. 헬름은 아예 착용하지도 않았다. 부리부리한 눈과 송곳과도 같은 수염이 사방으로 뻗친 자로서 그저 보기만 해도 오금이 저릴 정도였다.

"으하하. 역시 캐로스 경이다. 좋다. 경에게 저놈의 목을 맡기마."

"충!"

캐로스라는 기사의 무기는 거대한 철봉이었다. 그 철봉 끝에는 뾰족뾰족한 징이 달려있어 참으로 험악하기 그지없는 무기라 할 수 있었다.

"으하하하. 겁쟁이는 누가 겁쟁이라고 하더냐. 나서라. 당장 네놈의 머리통을 박살 내주마."

그에 카이론이 나서려 했다. 하지만 그의 앞을 가로막는 이가 있었으니 바로 마르티네즈 경이었다.

"어찌 닭 잡는데 소 잡는 칼을 사용하시려 하십니까?"

"으허허. 슐레만 네놈이 오랜만에 맞는 말을 하는구나."

과거 길로틴 협곡을 탈출할 때 함께했던 마이어 슈바르츠 단장과 그들을 이끌었던 슐레만 마르티네즈 경이었다.

"나이든 단장님보다는 팔팔한 제가 나가얍죠."

"뭐, 뭐야?"

펄쩍 뛰는 슈바르츠 단장을 뒤로 하고 마르티네즈 경은 카이론을 바라봤다. 카이론이 고개를 끄덕였다. 그에 마르티네즈 경은 설핏 미소를 떠올렸다. 당연히 그럴 줄 알았다는 듯이 말이다.

"단장님은 굿이나 보고 떡이나 드쇼. 내 다녀오리다."

"적어도 다섯 놈의 목은 베어야 한다. 안 그러면 두고두고 놀림감이 되도록 할 테다."

"걱정 붙들어 매쇼. 히야~!"

마르티네즈 경은 곧바로 말을 달려 나갔다. 이번 일전은 상당히 중요했다. 포위당한 지금 상황에서 적에게 마르티네즈 경이 당한다면 군의 사기가 저하될 수밖에 없었다.

그렇기에 마르티네즈 경은 반드시 승리해야만 했다.

"크하하하! 어디 죽어 봐라!"

캐로스 경은 자신보다 한참은 어리고 나약해 보이는 마르티네즈 경을 보며 거칠게 철봉을 휘둘렀다. 그 힘이 어찌나 대단한지 그저 봉을 휘두른 것에 불과함에도 공간이 찢어지는 듯한 소리가 들려왔다.

부와아악!

하나, 마르티네즈 경은 마상에서 허리를 살짝 뒤트는 것으로 공격을 피해내고 장검을 쭈욱 앞으로 밀어 넣었다. 그에 캐로스 경은 헛바람을 일으킬 수밖에 없었다.

상대방을 경시했기에 동작이 컸던 탓일까?

피하려 했지만 제대로 피할 수 없었다.

쩌어억!

마르티네즈 경의 장검이 캐로스 경의 어깨를 스치고 지나가며 풀 플레이트 메일이 갈라지는 소리가 들려왔고, 그의 코로 비릿한 혈향과 함께 뜨거운 액체가 확 덮쳐 왔다.

그 순간 캐로스 경의 시야가 까매졌다.

스카각!

그리고 캐로스 경의 허리를 훑고 지나가는 따끔한 느낌.

"어? 어……."

비명은 없었다. 단지 그 소리뿐이었다.

두두두둑! 털썩!

말은 달렸고, 캐로스 경의 상체와 하체는 분리되어 하체만 그들의 진중으로 돌아가고 있었다. 그에 예니체리는 각자의 무기를 들어 올리며 한껏 소리 높여 함성을 질렀다.

"우와아아아!"

그에 반해 귀족군들은 어안이 벙벙한 표정을 지을 수밖에 없었다.

캐로스 경이라면 어느 정도 인지도가 있는 기사였다. 그런데 그런 기사가 단 한 번의 부딪힘으로 허리가 양단되어 죽어 버린 것이었다.

기세가 오른 마르티네즈 경은 죽은 캐로스 경의 목을 잘라 장검에 꽂아 높이 들어 올리며 우에서 좌로 움직이며 외쳤다.

"또 없나? 귀족 군의 기사들은 왜 이리도 허약하단 말인가? 와하하하!"

그의 외침에 비에이라 자작은 얼굴이 시뻘개지며 마르티네즈 경을 손가락으로 가리키며 외쳤다.

"저, 저 쳐 죽일 놈. 누구 없는가? 저 건방진 작자의 목을 가져올 이가!"

"소장이 나가겠습니다."

누군가 앞으로 나섰다. 그에 비에이라 자작은 반색을 하며 외쳤다.

"오호라! 그대가 있었군. 가라! 가서 저 건방진 기사의 목을 베어오라!"

"충!"

# 제5장

그들은 나에게 있어 전설이었다

*Warrior*

순간 마르티네즈 경은 마주 나오는 자가 결코 만만치 않은 자라는 것을 직감하고 있었다. 상대는 자신을 경시하도 않았다.

또한, 그렇다고 자신과 비교해서 실력이 떨어지지도 않아 보였다. 쉽지 않은 상대이기는 하지만 이길 수 없는 상대는 아니라며 생각을 다잡았다.

'이길 수 있다. 아니 이겨야만 한다.'

"하아앗!"

말의 배를 차고 앞으로 달려 나가는 마르티네즈 경과 마주

해 달려오는 귀족파의 기사가 맞붙었다.

콰차자앙!

한차례 엇갈렸다. 그들은 다시 말고삐를 돌려 상대를 향해 쇄도해 들어갔다. 허리를 치고, 가슴을 찔러 들었고, 막고 피해냈다.

일 합.

이 합.

둘의 격돌은 점점 격렬해졌고, 그 모습을 지켜보는 양군은 마른침을 삼키며 둘의 대전을 지켜보았다.

하지만 둘의 실력은 실로 백중지세여서 누가 더 우위를 점할지는 알 수 없었다. 카이론은 그들의 결전을 지켜보다 나직하게 입을 열었다.

"불러들이고 준비하도록."

"알겠습니다."

저것은 그저 시간 낭비일 뿐이었다. 현재 상황을 벗어나는 데 아무런 도움이 되지 못한다는 것이다.

물론, 사기에는 분명 영향을 줄 것이다. 하지만 몇 배가 넘어가는 수를 이겨내기에는 어렵다.

물론, 과거 이보다 더 많은 병력을 기습한 적은 있었다. 하지만 그때는 그들의 방심을 이용한 기습이었다. 지금은 기습이 아니라 역습을 당했다. 사방으로 수만의 병력에게 포위당한 것이었다.

귀족파의 기사와 싸우던 마르티네즈 경은 슬쩍 아군 쪽을 바라봤다. 자신을 불러들이는 깃발 신호가 보였다. 그에 그는 조금은 아쉬운 표정을 지어보였다. 전력을 다할 수 있는 상대를 만나기란 쉽지 않았으니까 말이다.

그는 거칠게 상대 기사를 몰아붙였다.

콰앙!

둘은 검을 맞댔다.

"여기까지로군."

"크음, 도망가겠다는 말이냐?"

"도망은 무슨 얼어 죽을. 너 같으면 이 상황에서 버티겠냐?"

"뭐?"

"4만으로 5천을 압박하는 게 자랑이라고 하는 말이냔 말이다."

"이이~"

상대 기사가 무언가 말을 하려는 순간 마르티네즈 경은 그를 확 밀어내며 말 머리를 돌렸다.

"나중에… 살아남는다면 호위대의 슐레만 마르티네즈를 찾아와라. 상대해 주마."

"서라! 어디를 도망가려 하느냐?"

기사는 분기탱천하여 마르티네즈를 쫓아갔다. 하나, 마르티네즈는 귓등으로도 듣지 않고 자신의 진영으로 내달리고 있었다. 그를 보고 쫓아가던 기사는 결국 말 머리를 돌릴 수밖에 없었다.

상대의 진영이 결코 만만치 않았기 때문이었다. 그것은 곧 진격을 위한 준비와 같았다. 때문에 그는 말 머리를 돌려 자신의 진영으로 돌아가야만 했다.

그때 카이론이 외쳤다.

"나를 따르라!"

'진격 앞으로'가 아니라 '나를 따르라'였다.

그는 그렇게 언제나 선두에 서 적들에게 진격해 나갔다. 그를 따르면 된다. 그의 그런 갑작스런 돌격으로 구스타프 자작과 비에이라 자작은 해연히 놀랐으나 반응은 전혀 달랐다.

"저, 저런 쳐 죽일 놈들. 공겨억! 공격하라!"

먼저 반응을 보이는 것은 역시 비에이라 자작이었다. 그는 자신감이 충만했다. 남부군의 기사가 도망간 것은 실력이 모자랐기 때문이라고 생각했기 때문이었다.

하나, 구스타프 자작의 생각은 달랐다.

그는 조용히 적을 지켜보았다. 무려 4만이다. 적들은 5천이고 말이다. 무려 여덟 배나 된다. 하지만 적들은 전혀 동요하지 않고 있었다. 오히려 거센 투기를 일으키며 두려움 없이 가장 선두에 선 카이론을 따르고 있었다.

그들은 정예 중의 정예였다. 결코 만만치 않을 것이라는 생각이 뇌리를 스치고 지나갔다.

분명 이길 것이다. 하나, 그 대가는 대단할 것이다.

'어쩔 수 없나?'

그를 살려 포로로 잡고 싶었다. 하나, 지금 저들의 기세로 보아 그를 포로로 잡는다는 것은 불가능해 보였다. 그냥 보기에도 그들의 기세는 사나웠기 때문이었다. 그가 미래를 생각하는 동안 비에이라 자작은 군사를 몰아 마주 달려가고 있었다.

"죽여라! 포로는 없다! 모두 죽여라!"

비에이라 자작이 거칠게 포효했다. 피가 뜨거워지고 있었다. 압도적인 병력으로 적을 몰아붙이면 된다. 이 정도의 병력이라면 작전이고 뭐고 필요 없었다. 사망자는 조금 생기겠지만 어차피 승리가 모든 것을 가려줄 것이다.

물론, 그는 가장 선두에 서지 않았다. 이것이 카이론과 그의 다른 점이었다. 그는 자신이 가장 강하다 할지라도 절대 앞으로 나서지는 않을 것이다. 왜냐하면 지휘관은 혼자만의 사람이 아니다. 수많은 사람을 지휘해야 했고, 목숨을 책임져야만 하는 존재였다.

당연히 앞으로 나설 수 없는 위치에 있는 것이 바로 지휘관이다. 비에이라 자작은 그 전통적인 지휘관의 상에 충실했다. 그는 가장 선두에서 달려오는 카이론을 보고 비웃었다.

'멍청한 놈. 지금 당장에야 위기를 벗어나기 위함이겠지만 그러하기에 더 어리석다는 것이다.'

그는 스스로 상상했다. 얼마 안 있어 저 보기 싫은 놈의 목이 허공에 떠오를 것이라고 말이다. 그리고 외쳤다. 적을 전멸시키라고, 적장을 잡는 병사에게는 1계급 특진과 1천 골드의 포상을 주겠고, 기사들에게는 그 공훈을 알려 귀족의 작위를 주겠노라고까지 했다.

그때 카이론은 물밀 듯이 사방을 옥죄어 오는 적들을 바라보고 있었다. 그는 그들을 바라보며 서늘한 미소를 떠올렸다.

"피에 미치기에 딱 좋은 날씨로군."

"그렇습니까? 생각해 보니 그렇군요."

슈바르츠 단장이 흰 이를 드러내며 웃었다. 그의 웃음을 바라보던 카이론이 모두에게 외쳤다.

"두려운가?"

나직하지만 힘이 담긴 그의 목소리가 5천의 병사의 귀를 울렸다.

"아닙니다!"

"우리의 여덟 배다. 두렵지 않은가?"

"두렵지 않습니다."

"하면! 어찌해야 할까?"

"섬! 멸!"

한 자 한 자 끊어서 외치는 예니체리. 그에 카이론이 흰 이를 드러내며 웃었다.

"좋다. 카테인 왕국의 제28대 국왕인 나 카이론 에라크루네스가 명한다. 적을 섬멸하라. 그 누구도 예니체리를 넘볼 수 없음을 알리라!"

"추웅!"

카이론은 자신의 언월도를 뽑아 들었다. 그리고 말을 몰아 적진을 향해 쇄도해 들어갔다. 그 뒤로 호위대와 예니체리가 따랐다.

어느 순간 카이론은 달리던 말 위에 서 언월도를 위에서 아래로 그어 내렸다.

그의 언월도에서는 눈부신 백광이 폭출했다.

"저, 저건……."

오러 블레이드가 둥근 환을 이루고 꽃이 되어 허공을 수놓기 시작했다.

"아, 아름답군……."

감정이 메마른 기사들. 오로지 죽음과 전투만이 그들의 머리에 가득한 기사들이었다. 그러한 기사들의 입에서 밤하늘을 수놓은 마나의 꽃에 얼이 빠져 아름답다는 말까지 되뇌었다.

파악! 퍼버버벅!

하나, 그 아름다움은 치명적이었다. 입을 벌리고 정신을 빼앗기는 그 순간 백색의 화려한 꽃은 피비린내를 풍기며 전장을 뜨겁게 달아오르게 했다.

"저, 정신 차려라! 정신 차리란 말이다!"

누군가 외쳤다. 그에 기사들은 하나 둘 정신을 차리기 시작했다. 그러나 그들이 정신을 차렸을 때에는 이미 수십의 기사가 형체도 없이 사라진 후였다.

"맙소사! 어떻게 이런 일이……."

귀족들은 자신의 눈을 믿을 수가 없었다. 어떻게 단 일 도에 수십의 기사와 병사를 죽일 수 있을까? 무슨 신화시대의 마왕도 아니고 말이다. 그들의 눈에 비친 카이론은 영웅이 아니었다. 인간 세계에 강림한 마왕이었다.

카이론은 선두에 서서 가장 먼저 적들과 부딪혔다.

그의 두 자루의 나노 튜브 블레이드가 허공에서 회전하기 시작했다. 굳이 조정을 할 필요조차 없었다. 두 자루의 나노 튜브 블레이드가 지나간 곳은 검붉은 핏물과 다져진 고깃덩어리만 남을 뿐이었으니까.

"악마, 악마다!"

그를 바라보며 한 명의 기사가 치를 떨며 외쳤다. 그러한 기사를 말 위에서 내려다보며 카이론이 입을 열었다.

"그러하다. 나는 악마다. 나를 거부하는 모든 이들에게 악마가 될 것이다."

그가 다시 말을 몰아갔다. 그가 가는 곳에 길이 열렸다. 2만이면 어떻고 3만이면 어떠한가?

그를 따르는 호위대와 예니체리는 그리 생각했다. 그 누가 3만을 홀로 상대할 수 있단 말인가?

그들에게 카이론은 이미 일개 국왕이 아니라 신과 같은 존재였다.

"이것이 다인가? 겨우 이 정도로 우리 예니체리를 막을 수 있다고 생각하는가?"

"와하하하. 멋지지 않은가? 5천으로 4만을 압도함이!"

"크하하하! 좋구나. 백여덟!"

"헤헹! 이놈아 난 백열이다!"

"이런! 한꺼번에 두 명을 죽이는 건 반칙이다!"

"웃기는 놈이군. 싸움에 반칙이 어디 있다고."

호위대와 예니체리는 주눅 들지 않았다. 아니 오히려 더욱 더 날뛰었다. 적의 목을 베며 웃었고, 자신의 배가 꿰뚫리면서도 적의 검을 놓지 않고 동료에게 기회를 주었다.

콰직!

"꺼억!"

복부를 관통한 기다란 장검. 다행히 급소는 피해간 모양이다. 사내는 주변을 둘러보았다. 한 명의 동료가 그를 바라봤다.

"잘라!"

슈칵! 팅!

자르라는 말에 동료는 지체 없이 장검을 잘라냈다.

"끄윽! 씨발. 아프네."

"배때기에 송곳 꽂은 기분이 어떠냐?"

동료가 물었다.

"질문이라고 하냐? 너도 한 번 찔러 주까?"

그들은 이 상황에서도 농담을 하고 있었다. 그러한 둘에게 다가오는 병사들은 없었다.

자신의 배를 관통한 검을 빼지 않고, 오히려 검을 잘라 버리고 다시 전투에 임하는 자나, 검을 자르란다고 정말 자르는 놈들이나 지독하기는 마찬가지였기 때문이었다.

병사들로서는 상상조차 할 수 없을 그런 독함을 내보이고 있었다.

"옛다! 둘러라. 육즙 흐르면 지친다."

"새끼. 말본새하고는."

그러면서도 동료가 던져준 헝겊 쪼가리로 복부를 두르는 사내. 그의 동료는 여전히 그의 곁을 떠나지 않았다. 그리고 그 둘은 다시 전장으로 향했다. 지독스러울 정도의 임기응변이라 할 수 있었다.

"끄윽!"

또 다른 한 명이 가슴을 부여잡았다. 아니 가슴을 부여잡은 것이 아니라 가슴을 파고드는 적의 검을 손으로 잡아 막아내고 있었다. 귀족파 기사의 눈이 동그랗게 떠졌다. 세상에 검을 손으로 잡아 막아내고 있었으니 말이다.

"이이……."

"새끼가 힘 좀 써봐라."

검을 손으로 막아낸 예니체리의 병사가 씨익 웃으며 입을 열었다.

푸욱!

"컥!"

귀족파의 기사는 더 이상 커질 수 없을 정도로 눈동자가 커졌다. 그런 귀족파의 기사를 발로 차 검을 빼는 예니체리의 병사였다.

"퉤!"

그는 가볍게 침을 뱉어 내고는 주변에 죽은 기사의 몸에서 삐죽 튀어나온 커프스 한 자락을 잡아 빼더니 손을 둘둘 말았다. 아니 아예 검 하나를 더 들어 손과 함께 묶어 버렸다.

"으아아악! 다 뒈졌어!"

거칠게 외치면서 앞으로 튀어나가는 예니체리. 이런 일이 한두 곳이 아니라 곳곳에서 일어나고 있었다. 귀족파의 수가 압도적으로 많았으나 그 기세에서 밀리고 있었다. 예니체리는 독했다. 적을 죽이기 위해서 자신의 신체 한 부위 정도는 과감하게 포기했다.

"이익! 뭣들하냐? 공격하라! 공격하란 말이다!"

"적은 소수다. 밀어 붙여라. 밀어 붙이란 말이다!"

비에이라 자작은 목이 터져라 뒤에서 외쳐댔다. 상대도 안될 것이라 생각했다. 하지만 막상 뚜껑을 열어보니 상대가 안되는 것은 오히려 자신들이었다. 기세에서 밀리고, 가진 바무력에서도 밀렸다.

그저 그냥 그런 경기병이 아니었다. 한 명 한 명이 숙련 된기사들과 맞먹었다. 특히 카이론을 중심으로 싸우고 있는 3백명이 넘은 기사들은 일당백이었으며 전원이 익스퍼트의 무력을 지니고 있었다.

전장을 바라보는 구스타프 자작은 전율이 이는 것을 느꼈다. 그의 시선은 단 한 명에게 꽂혀 있었다. 단 한 명이었다. 하나, 그 누구도 그의 그림자조차 범하지 못했다. 그가 가는곳에는 어느새 공동이 생성되었고, 길이 되었다.

그를 막을 수 있는 존재는 없어보였다. 있다면 그가 지치기를 기다리는 수밖에 없었다. 그리고 그의 시선이 다른 곳으로 향했다. 그는 인상을 찌푸리며 짧게 혀를 찼다.

'저 멍청한 놈. 뒤에서 소리친다고 사기가 오르는 것도 아니거늘.'

답답했다. 저 욕심만 많고 능력 없는 놈은 자신이 나설 생각은 하지 않고 애꿎은 병사들과 기사들만 닦달하고 있었다.

압도적으로 몰아붙이고 있는 상황이라면 모르지만 4만으로 5천을 상대함에도 불구하고 대등한 전투를 하고 있었다.

말이 '대등한'이지 실제는 완벽하게 밀리고 있다고 할 수 있었다. 기세에서 완전히 꺾였다. 그들의 광폭한 기세 4만이 벌벌 떨고 있는 상황이었다.

이러한 판국에 자신들의 우두머리가 앞으로 나설 생각은 하지 않고 여전히 뒤에서 목이 쉬어라 외치고만 있으니 그 명령이 제대로 전달될 것이냐는 것이다.

"어찌하실 생각이십니까?"

그때 구스타프 자작의 부관인 스미르노프가 다가와 물었다. 아직 자신들의 병력은 전투에 투입하고 있지 않았다.

하지만 전황상 투입하지 않으면 안 될 것 같았다. 이대로 둔다면 5천에게 3만이 도륙을 당하고 자신들마저 제대로 된 전투는 해보지도 못하고 패할 것 같았다.

벌써 전투는 세 시간을 넘어가고 있으니 말이다.

계획대로라면 진즉에 이 전투는 승리로 끝을 맺었어야 했다. 적들 역시 사망자가 없는 것은 아니지만 압도적이라 할

만큼 아군의 사망자가 더 많았다.

저들은 아군을 죽이지 않았다. 철저하게 전투 불능으로 만들었다. 눈을 베어버린다든지 다리를 찔러 움직임을 둔화시킨다든지 하는 식으로 말이다.

상처를 입은 병사들은 물러선다. 절대 남부군처럼 악착같이 앞으로 전진하며 싸우려 하지 않는다. 왜냐하면 남부군은 목숨을 걸었지만 자신들은 결코 목숨을 걸 필요가 없으니까.

적당히 싸우는 척하고 적당히 누워 있으면 된다. 상황을 보니 저들은 자신들을 죽이려고 하지 않는 것 같으니 말이다.

반면 기사들은 기를 쓰고 죽이려 했다. 치명상도 아니다. 반드시 목숨을 빼앗았다.

그것을 전투가 거듭되면 거듭될수록 병사들도 깨달은 것이었다. 그러니 충성심도 별로 없고, 죽기 싫은 눈치 빠른 병사들은 그것을 알고 바로 실행에 옮겼다.

대충 싸우다가 비명을 지르며 누워버렸고, 그런 그들을 보며 남부군은 피식 웃으며 다른 병사들을 찾아 떠났다.

병사들은 죽은 자들의 곁에 다가가 죽은 자의 피로 전신을 덕지덕지 발랐고, 혹은 시체를 자신의 몸 위로 올렸다. 그러면 죽지 않는다는 것을 안다. 한 명이 두 명이 되었고, 두 명이 네 명이 되었으며 그러한 병사들은 급속하게 늘어가기 시작했다.

아직 병력을 투입하지 않고 있던 구스타프 자작은 어둠 속에서도 그러한 병사들의 행태를 정확하게 볼 수 있었다. 하지만 그들을 탓할 수는 없었다. 무려 세 시간이 넘도록 5천의 수는 줄어들지 않았고 마치 악귀처럼 귀족군을 도륙하고 있으니 강제로 징집된 병사들은 그렇게 할 수밖에 없었다.

'이래서 시간을 끌면 안 되는 것이었는데……'

그래서 단숨에 승리를 가져오기 위해 무려 4만을 동원한 것이었다.

"투입한다!"

"명!"

투입할 수밖에 없었다. 비에이라 자작이 이끄는 귀족군이든 남부군이든 세 시간이면 지칠 때도 되었다. 이 순간을 기다리고 있기는 했지만 3만으로도 5천을 압도하지 못한 비에이라 자작의 모습에 입안이 썼다.

"전구운! 공격하라아~"

드디어 공격 명령이 떨어졌다. 구스타프 자작이 이끄는 병력은 그나마 정예 병력이었다. 어중이떠중이를 긁어모은 것이 아니라는 것이다. 또한, 자신의 휘하에 배속된 상황에서도 결코 훈련을 게을리 하지 않았으니 확실히 비에이라 자작이 이끄는 병사들과는 달랐다.

한 발 한 발을 내디디며 전진하는 그들. 3만의 비에이라 자작 휘하의 병력보다 1만의 구스타프 자작의 휘하에 있는 병력의 전진이 오히려 더 긴장감을 주고 있었다. 그들이 전장에 투입되자 다시 전투의 상황은 알 수 없게 되었다.

카이론은 그것을 깨달았다. 기사들이나 병사들을 죽여 봤자 소용없었다. 지휘관을 죽여야만 했다. 그는 어둠 속에서도 적의 인장기를 찾았다. 그리고 오래지 않아 인장기를 찾을 수 있었다.

상당히 먼 거리라고는 하지만 결코 카이론에게 무리가 되는 거리는 아니었다. 결심이 선 그 순간 카이론은 말 위로 신형을 뽑아 올렸다. 그에 그를 향해 수십 수백의 화살이 쏘아졌다. 그는 이미 전장의 중심에 있었고, 적들은 그를 주시하고 있었으니 말이다.

또한 그의 곁에는 언제나 인장기가 있었으니 그가 5천을 지휘하는 우두머리라는 것을 모를 리 없었다. 그에 그가 날아오르자 지체하지 않고 화살을 쏜 것이었다.

하나.

티디디딩!

그의 전신을 새까맣게 물들일 정도의 화살이었지만 그의 전신에 둘러진 오러 맴브레인을 관통할 수 있는 화살은 없었다.

드래곤의 브래스마저 막아낼 수 있다는 오러 맴브레인이다. 어찌 고작 인간의 화살 따위에 관통될 것인가?

카이론은 허공을 날았다. 아니 허공을 걸었다. 마치 허공이 평지인 양 말이다.

"저, 저……."

모두가 눈을 부릅뜰 수밖에 없었다. 분명히 그는 마법사가 아니었다. 마검사? 있을 수 없었다. 그런데 인간으로서 허공을 걷는다? 그것 역시 있을 수 없는 일이었다. 그런데 그 황당한 일이 자신들의 눈앞에서 벌어지고 있었다.

"뭣들 하느냐? 죽여. 죽이란 말이다!"

비에이라 자작도 보았다. 그리고 알 수 있었다.

'저놈은 나를 죽이려 한다.'

먼 거리임에도 불구하고 카이론과 시선이 부딪히자 비에이라 자작은 등골이 서늘해짐을 느꼈다. 그래서 바락바락 악을 써댔다. 저놈을 죽이라고 말이다.

하나, 허공에 떠 있고 화살도 통하지 않는 자를 도대체 무슨 수로 죽인단 말인가?

알고 있다. 하지만 그냥 곱게 죽어줄 수는 없지 않은가 말이다. 그래서 목청이 쉬어라 외쳐댔다. 기사들이 앞으로 내달리면서 말 안장에 꽂아 두었던 손도끼며 단창을 카이론을 향해 집어 던졌다.

하지만 여지없이 튕겨 나가고 있었다.

"비겁한 놈! 내려와라!"

어떤 기사의 외침에 카이론은 슬쩍 날아오는 단창을 잡아 내더니 그대로 기사를 향해 던졌다.

쐐에에엑!

"허억!"

급격하게 쏘아져 오는 단창에 기사는 황망한 표정을 짓고 급급하게 말 머리를 돌려 회피하고자 했다. 자신을 향해 쇄도 하는 단창은 도저히 검을 들어 막아낼 수 없을 것 같은 막강 한 기세가 담겨져 있었기 때문이었다.

하나, 카이론이 집어던진 단창은 마치 그 기사와 끈으로 연 결된 듯이 그 기사를 따라갔다.

"이익!"

자신의 비겁함에 화가 난 기사는 어금니를 깨물고 검을 들 어 단창을 향해 휘둘렀다.

콰지직!

"커헉!"

단창이 기사가 휘두른 검을 박살 내고, 심장에 정확하게 꽂 혔다. 그러함에도 힘을 잃지 않았던지 심장을 완전히 관통해 버렸다. 기사의 눈동자는 서서히 생기를 잃어갔고, 종내에는 힘없이 말 위에서 떨어져 내렸다.

그것을 본 기사들은 기겁할 수밖에 없었다. 결코 가까운 거 리가 아니었다. 또한, 한두 명의 기사도 아니고 한두 명의 병사가 있는 것도 아니었다. 그런데, 그 와중에 정확하게 한 사람을 집어냈고 바로 죽음의 형벌을 내렸다.

기사들의 안색이 살짝 굳어졌다. 기사들이 그러할진데 병사들은 어떠할 것인가?

병사들은 꾸물거리며 카이론을 향해 화살을 날리기를 주저했다. 그럴때면 여지없이 기사들의 호통이 떨어졌는데 카이론은 귀신같이 그런 자들을 찾아내 허공을 맴돌고 있는 나노 튜브 블레이드로 목을 베어버렸다.

공포가 찾아왔다.

그 공포로 인해 질식할 것 같은 침묵이 감돌았다. 전장에서 침묵이라니 말도 안 되는 상황이었다. 하나, 기사가 되었든 귀족이 되었든 죽고 싶은 사람은 없다. 입을 열면 죽는다는 것을 목전에서 보았지 않은가?

하지만 그 와중에 단 한 사람만은 예외였다.

"죽여! 죽이란 말이다! 죽이지 않으면 내 검에 죽을 것이다."

그리고 그 본보기라도 보이듯 화살을 쏘지 않고 머뭇거리고 있는 몇 명의 병사들을 찾아 직접 목을 베어버렸다. 그에 병사들은 다시 활에 화살을 재었다. 하지만 그들이 날린 화살은 제대로 날아가지 않았다.

화살통이 비도록 열심히 화살을 쐈지만 그 화살들은 애먼

곳으로 날아가 땅바닥에 꽂히고 있었다. 그러는 동안 카이론
은 어느새 비에이라 자작이 있는 곳으로 떨어져 내리고 있었
다.

"이익! 주, 죽어랏!"

비에이라 자작은 검을 들어 거칠게 카이론을 향해 휘둘렀
다. 카이론은 가볍게 언월도를 휘둘러 그의 검을 막아냈다.

카아앙!

"크흡!"

비에이라 자작은 손아귀가 찢어질 것 같은 극통에 자신도
모르게 신음을 내뱉을 수밖에 없었다. 그가 튕기듯이 뒤로 물
러나자 그의 곁에서 그를 호위하던 기사들이 검을 뽑아들고
카이론을 향해 쇄도해 들어갔다.

"이노옴!"

"목을 내어라!"

"죽인닷!"

열댓 명의 기사가 한꺼번에 카이론을 향해 검을 휘둘렀다.

카이론은 그대로 회전하면서 언월도를 휘둘렀고, 이제는
그의 분신처럼 따라붙고 있는 나노 튜브 블레이드가 외곽에
서 포위하고 있는 기사들을 휩쓸어가 가기 시작했다.

"크아악!"

비명 소리가 들려왔다. 이게 도대체 무슨 일인가? 검이 세

개라니……. 그것도 두 개는 마치 유령처럼 허공을 부유하며 주인의 명을 수행하듯 기사들의 목을 깔끔하게 베어내고 있었다. 그는 혼자이지만 결코 혼자가 아니었다.

"내 앞을 막는 자! 반드시 카론의 강을 건널 것이다."

단 한 번에 여덟 명의 기사가 죽어버렸다. 그에 남은 두 기사는 주춤주춤 뒤로 물러났다. 그것은 비에이라 자작 역시 마찬가지였다. 그는 주변을 둘러봤다. 남부군은 아직 포위를 풀지 못하고 있었다.

하지만 점점 그 포위망이 무너지고 있었다. 포위망이 무너지는 그 중심에는 3백 명이 넘어가는 익스퍼트의 기사들이 있었다. 그들은 백전노장이었다. 함부로 마나를 시전하지도 않았고, 딱 상대의 목을 벨 때만 사용하고 있었다.

때문에 무려 세 시간이라는 긴 시간이 지났음에도 불구하고 그들은 여전히 쌩쌩했고, 위기에 처한 남부군을 도와주기까지 하고 있었다. 병사들은 그들 곁으로 다가가지 않으려 애썼고, 그들 덕에 남부군은 체력을 비축하며 전투를 이어갈 수 있었다.

카이론이 홀로 적장을 잡으러 적의 후방으로 갈 수 있었던 이유도 바로 그들이 있었기 때문이었다. 그렇기에 비에이라 자작이 느끼는 감정은 거의 절망에 가까워지고 있었다.

"과인은 카테인의 국왕 카이론 에라크루네스다."

카이론이 나직하게 입을 열었다. 그에 주변의 그 누구도 함부로 덤벼들지 못했다. 물론, 그의 주변을 빙빙 맴돌고 있는 나노 튜브 블레이드 때문이기도 했고 말이다.

카이론은 오만하게 주변을 훑어보았다.

그러다 입을 열어 크게 외쳤다.

"가알! 감히 누가 카테인의 국왕인 과인의 앞에서 무릎을 꿇지 않는가?"

콰앙!

진각을 밟았다. 그에 그를 중심으로 거대한 기세가 뿜어지며 심약한 병사들은 털썩 주저앉았고, 기사들은 자신도 모르게 무릎을 꿇고야 말았다.

카이론은 다시 걸음을 옮겨 비에이라 자작 앞으로 걸어갔다.

주르르륵!

순간 비에이라 자작의 하체에서는 뜨뜻미지근한 액체가 흘러내리고 있었다. 그런 비에이라 자작을 무심하게 바라보며 카이론이 입을 열었다.

"솔트의 페트릭 비에이라 자작. 역모에 가담한 죄를 인정하여 사형에 처한다."

"그……."

스칵!

가차 없이 목을 베어버리는 카이론. 그는 자신의 등 뒤에 꽂아 두고 있던 인장기를 꺼내 비에이라 자작의 목을 꽂았다. 그때 인의 장막을 뚫고 한 마리의 백마가 거칠게 뛰어 오고 있었다.

히히히힝!

최상급 전투마 중에서도 특히 거대한 체구를 자랑하는 카이론의 전투마였다. 그 전투마를 가로막을 만한 존재는 그다지 많지 않았다.

카이론은 어느새 자신의 곁으로 다가온 말에 훌쩍 뛰어 올랐다. 그리고 한 손에는 인장기를 들고, 한 손으로는 언월도를 휘두르며 종횡무진하기 시작했다.

"너희들 사령관의 목이 여기 있다."

그는 항복하라는 말을 하지 않았다. 단지 자신이 가는 곳으로 길을 열며 단 한마디를 외쳤을 뿐이었다. 살아남은 병사들과 기사들은 어안이 벙벙한 표정을 지어보였다. 자신들의 사령관은 후방에 있었다.

그런데 단신으로 후방으로 가 사령관의 목을 취했으며, 그를 향해 달려드는 무수한 공격을 분쇄시키고, 오히려 길을 열며 사방으로 좌충우돌하고 있는 것이었다. 그의 앞에서는 수많은 병력이고 뭐고 아무런 소용이 없어 보였다.

멀리서 구스타프 자작은 그러한 카이론의 위용을 보았다.

'이건… 답이 없군.'

절망을 느꼈다. 이 많은 병력으로도 그를 어찌해 볼 수 없었으며, 그를 따르는 수하들조차 어찌해 볼 수 없었다. 저들도 오랜 전투에 거의 절반이 넘는 인원이 죽었다. 그러함에도 그들은 전혀 위축되지 않고 있었다.

하지만 절망한다 해서 이대로 주저앉을 수는 없었다. 그는 검을 꺼내 들고 앞으로 향하며 외쳤다.

"돌겨억! 돌격하라아~"

그가 외쳤다.

"우와아아~ 돌격하라!"

기사들과 병사들은 스스로에게 다짐하듯 외쳤다. 그들이 전장으로 투입되었다. 겁에 질려 있던 비에이라 자작 휘하의 병사들과 기사들은 다시 함성을 지르며 그들과 섞여 얼마 남지 않은 남부군을 압박해 들어갔다.

남부군의 절반이 줄어들었다. 하나, 귀족파의 사상자는 이미 1만을 넘어가고 있었다. 그 와중에 어둠을 틈타 도망치는 병사들까지 보였다.

"씨발. 다 덤벼!"

남부군이 거칠게 외치고 있었다. 그의 양손에는 곡괭이가 들려져 있었다. 광산에서 채광하는 그런 곡괭이 말이다. 하지만 지금은 철광을 캐는 곡괭이가 아니라 인간의 살점이 덕지

덕지 붙어 있고, 검붉은 핏물이 흘러내리고 있는 곡괭이가 되어 있었다.

스칵!

"큭!"

날카로운 검이 남부군의 등을 할퀴고 지나갔다. 검붉은 핏물이 허공을 수놓았다. 남부군은 휘청이며 고꾸라졌다. 하나, 결코 무릎을 꿇을 수 없다는 듯이 곡괭이로 몸을 지탱하며 뒤를 돌았다.

한 명의 기사가 보였다. 남부군은 흰 이를 드러내며 웃었다.

"같이 죽자."

"무슨……."

뼈가 훤히 보이도록 깊은 상처였다. 그러함에도 남부군은 눈을 희번덕거리면서 같이 죽자고 두 자루의 곡괭이를 휘두르며 달려들었다.

슈칵!

"꾹!"

기사는 망설이지 않고 남부군의 복부를 찔렀고, 검을 돌렸다. 남부군의 입에서 짧은 비명이 터졌다. 핏물이 기사의 시야를 가렸다. 기사는 웃었다. 너는 죽고 나는 살았다고 말이다. 시야가 다시 트이고 기사는 남부군을 바라봤다.

그런데 남부군이 붉은 핏물을 게워내며 자신을 바라보며

웃고 있었다.

"새꺄! 아직 안 죽었어."

콰직!

"꺼어어억!"

부들부들.

기사의 눈이 까뒤집히며 흰자위가 보였다. 그리고 그의 머리 위에서는 검붉은 핏물이 주르르륵 흘러내렸다. 기사는 믿을 수 없다는 표정을 지어보이며 뒤로 넘어가고 있었다.

그에 남부군 역시 무릎을 꿇었다. 그러다 컥컥거리며 웃다 입을 열었다.

"씨발. 열라 아프네……."

눈앞이 흐려졌다. 남부군은 희죽 웃었다.

"그래도… 알카트라즈를 벗어났잖아? 멋지게 살았잖아?"

스르르륵!

이렇게 한 명의 예니체리가 무너졌다. 하지만 아직 절반이 넘는 예니체리가 남아 있었다. 그들은 그렇게 스스로의 목숨을 아깝지 않게 사용하고 있었다.


1만을 희생해서 절반을 줄였다. 다시 1만을 희생하면 나머지 절반을 잡을 수 있을 것이다. 이것이 바로 구스타프 자작의 계산이었다. 기본적으로 그는 다른 귀족과 다른 전략적인 재능을 가지고 있지만 그렇다고 지금의 전투에서 물러나고 싶은 생각은 없었다.

1만을 더 희생한다고 해도 결국 2만이 남으니까. 자신의 병력 1만은 고스란히 남길수 있을 것이라고 생각했다. 이미 비에이라 자작은 죽었고, 모든 명령권은 자신에게 들어왔으니까. 이제는 저들을 더욱더 몰아붙여 승리하면 되는 것이었다.

"공겨억! 공격하라아~"

그는 그렇게 외치며 검을 들고 전장에 뛰어들었다. 이전의 비에이라 자작과는 분명히 달랐다. 후방에서 소리만 높이는 그런 사령관이 아니라 직접 전장에 뛰어들 수 있는 담력을 지닌 자였고, 그만한 무력을 갖춘 자였다.

그의 휘하에 있는 기사들과 병사들이 그에게 충성하는 이유였다. 1만을 잃었지만 나머지 3만은 그의 말에 따라 일사불란하게 움직였다. 하나, 남부군은 결코 쉽게 무너지지도 겁에 질리지도 않았다.

오히려 더욱 발악했다.

"지독한 놈들."

지독했다. 질린다는 말이 절로 나올 정도로 지독했다. 이미 구스타프 자작에게 죽은 남부군만 해도 열은 넘는다. 그러함에도 그들의 기세는 결코 꺾이지 않았다. 그가 주변을 훑어

보자 멀리 남부군의 인장기가 보였다.

이미 진형을 유지하거나 명령을 내리는 수준을 넘어선 전장이었다. 사방에서 악다구니 소리만 터져 나왔고, 비명 소리가 하늘 높이 떠돌고 있을 뿐이었다. 그 순간 구스타프 자작과 카이론의 시선이 부딪혔다.

"무슨……."

그저 인장기만 확인할 정도로 먼 거리였다. 어둠이 걷히고 어슴푸레 새벽이 밝아오고 있는 상황이라고는 하지만 아직까지는 어두웠다.

그 먼 거리에서 정확하게 자신을 쳐다보는 남부군의 우두머리였다.

전신의 피가 싸늘하게 식어가는 느낌이었다. 그때 남부군의 수장이 손을 들었다.

'뭐지?'

의문이 들었다. 그의 손이 어느 한 지점을 가리켰다. 구스타프 자작은 자신도 모르게 시선을 돌렸다. 그리고 입을 떡 벌릴 수밖에 없었다. 그가 입을 벌리는 그 순간 3만의 병력 후면에서 거대한 함성이 들려왔다.

"돌겨억! 돌격하라아~"

바로 남부군이 자신들을 포위하고 있었다. 기습에 역습. 그 역습에 또다시 역습이 가해졌다. 적의 수는 얼마 되지 않왔다. 하지만 그 얼마 되지 않는 병력의 기습이란 이루 형언할 수조차 없을 만큼의 공포를 안겨주었다.

그것은 바로 4만을 상대로 악착같이 싸워오던 남부군과 똑같은 복장을 하고 있었기 때문이었다.

안과 밖으로 지독스러운 적을 만나게 된 것이었다. 구스타프 자작은 자신도 모르게 전신을 떨었다.

그것은 두려움이었다.

'또?'

부지불식간에 든 생각. 절반을 제거하는데 1만의 병력이 희생되었다. 그런데 죽어간 이들과 똑같은 복장의 이들이 자신들을 향해 쇄도하고 있었다. 포위 따위는 없었다. 그들은 달려오던 그 기세 그대로 귀족파의 병력 후위로 그대로 들이박았다.

"크하아악!"

"저, 적이다!"

"피, 피해~"

콰콰카가강!

전신이 부들부들 떨렸다. 압도적인 무력. 역습을 가할 때는 몰랐으나, 역습을 당하고 보니 그들의 전력이 얼마나 대단한 것인지 알 수 있었다. 살 떨리도록 강했다. 하지만 감상과 공포에만 젖어 있을 수 없었다.

"막아라! 막아! 적의 수는 얼마 되지 않는다!"

구스타프 자작이 외쳤다. 그는 다시 그의 옆에 있던 기사에게 명령을 내렸다.

"기사 3백으로 후위를 안정시키도록!"

"명!"

확실한 판단과 명령이었다. 그 정도면 가능하다 생각했다. 어둠 속에서 후위로 다가오는 적이 보이지 않았다.

단지 확연하게 눈에 띄는 백색의 풀 플레이트를 입은 호리호리한 기사를 제외하고는 말이다.

그렇기에 3백이면 충분히 후위를 안정시킬 수 있다 생각한 것이었다.

그리고 구스타프 자작은 후위에 신경을 끊었다. 기사를 보냈으니 그들이 알아서 할 일이었다. 우선은 옥죄고 있는 저들을 마저 제거해야만 했다.

그때였다.

쉬아아악!

대기를 뚫고 날카로운 파공음이 들려왔다. 구스타프 자작은 무의식적으로 검을 들어 전면을 막아냈다.

쿠와아앙!

"우와아아악!"

히히히힝!

구스타프 자작은 커다란 비명을 질렀고, 그의 애마는 앞발을 들어 올리며 놀라 주인을 떨구었다. 그 덕분에 구스타프 자작은 낙마를 했고, 부딪힌 힘이 너무 강해 데굴데굴 굴러 10여 미터를 더 뒹군 후에야 멈출 수 있었다.

"크윽!"

구스타프 자작은 검으로 땅을 짚어 무릎을 세우며 나직한 신음을 흘렸다. 아직도 그 기세가 줄어들지 않고 있었다. 손아귀가 찌릿찌릿했다. 그때 또다시 구스타프 자작은 자신의 머리 위에서 위험한 무언가 접근하고 있다는 것을 느꼈다.

"헙!"

땅을 박차고 좌측으로 데굴데굴 굴렀다.

콰아앙!

그가 자리를 피하는 그 순간 자신의 감각을 위협했던 기운이 대지를 가격하며 움푹한 구덩이를 만들고 있었다. 하지만 공격은 한 번에 그치지 않았다. 구스타프 자작은 자신의 풀 플레이트가 더러워지는 줄도 모르고, 귀족으로서의 자존심을 버린 채 연신 데굴데굴 굴러 위협을 피해냈다.

콰아앙!

또 한 번의 폭음이 울렸다.

"허억! 허억!"

구스타프 자작의 숨이 거칠어졌다. 그의 주변은 그야말로 난장판이었다. 크고 작은 구덩이가 여기저기 파헤쳐져 있었다. 그런데 한참의 시간이 지나도 여전히 공격이 없었다. 그에 슬그머니 주변을 둘러보던 그는 입을 벌릴수 밖에 없었다.

자신을 호위하고 있던 삼십 명에 이르는 기사들이 모두 사라졌다. 아니 사라진 것이 아니라 모두 푸줏간의 고깃덩어리가 되어 사방으로 흩어져 있었다. 강력한 방어력을 자랑하는 풀 플레이트 메일조차 그 공격을 막아내지 못한 것이었다.

후우우웅!

그때 다시 바람이 불어오며 흙먼지가 그의 시야를 가렸다. 본능적으로 손을 들고 눈을 가려 흙먼지를 막았다. 먼지가 가라앉을 즈음 눈을 가렸던 손을 내린 구스타프 자작의 앞에 한 명의 인물이 서 있었다.

등 뒤에는 거대한 인장기를 꽂고, 머리 위 좌우에는 허공을 돌고 있는 날카로운 두 자루의 검과 거대한 기형의 언월도를 비껴들고 있는 자.

바로 카이론이었다.

"꿀꺽!"

구스타프 자작은 자신도 모르게 침을 삼켰다. 구스타프 자작은 주저앉은 상태 그대로 카이론을 올려다보고 있었고, 카이론은 오연하게 그를 내려다보고 있었다.

'그는 이미 제왕이었구나.'

이제야 알 수 있었다. 그는 이미 제왕이었다. 아무리 발악을 하고 어떤 비겁한 짓을 한다 해도 그가 제왕이라는 것은 변하지 않았다. 다만, 자신들이 인정하지 않았을 뿐.

그의 모습에 구스타프 자작은 무릎을 꿇고 자신의 검을 무릎 위에 올려놓았다.

"부디 영세무궁한 카테인 왕국을 만들어 주소서."

"그리… 하겠다."

카이론의 말이 떨어지자 구스타프 자작은 마치 절을 하듯이 허리를 접었다. 카이론은 망설임 없이 구스타프 자작의 목을 내려쳤다.

툭!

마침내 구스타프 자작의 목이 떨어져 내렸다. 카이론은 인장기로 구스타프 자작의 목을 찍어 들어 올렸다. 그리고 어느새 자신의 곁으로 다가온 애마에 올라탔고, 찢겨진 구스타프 자작의 인장기를 들어 올렸다.

"항복하라! 항복하면 살 것이다."

겨우 5천이 4만을 굴복시키고 있었다. 너희들의 사령관의 목이 여기 있다느니 어떻다느니 하지 않았다. 오로지 찢어진 인장기와 목을 들어 올리고 전장을 가로지를 뿐이었다. 그에 기사들과 병사들은 절망했다.

4만이 있을 때에도 감당할 수 없는 적이었다. 그런데 이제

2만 5천 정도로 줄어든 병력으로 어찌 충원된 적을 감당할 수 있단 말인가? 그리고 그들을 지휘는 두 명의 사령관마저 죽어 버렸으니 사기는 급격하게 떨어져 결국 병장기를 던지고 무릎을 꿇는 이들이 속출했다.

기사들이 병사들을 위협해도 소용없었다. 위협하는 기사들은 여지없이 죽음의 선고가 내려졌다. 결국 카이론은 승리했다. 5천 중 4천여의 병력을 잃고 승리했다. 무려 1만 5천이 죽은 귀족군에 비하면 그야말로 조족지혈이었으나, 이것은 카이론에게 있어 최초의 실패라 할 수 있었다.

카이론은 겨우 5천에 항복하고 있는 병사들과 기사들을 바라봤다. 그의 표정은 무심했다. 전투에 있어 언제나 승리하라는 법도 없고, 피해가 없을 수만은 없었다. 하지만 카이론은 이번 일전으로 뼈저리게 느끼는 것이 있었다.

자신이 강해지는 만큼 상대도 강해진다는 것을 말이다.

"수고하셨습니다."

슈바르츠 단장과 맥그로우 공작이 다가와 카이론을 위로했다. 그것이 위로일지 아닐지는 모른다. 아니 오히려 그것은 4만을 이겨낸 자에 대한 찬사라 할 수 있을 것이다.

하나, 카이론에게는 찬사라기보다는 지휘관으로서 한순간의 판단이 어떤 결과를 초래하는지 뼈아픈 배움이라 할 수 있었다.

"그들은 나에게 있어 전설이었다."

카이론은 죽은 예니체리 단원들의 시체를 화장시키며 그 한마디만 했다. 하지만 그 어떤 백 마디의 말보다 더욱 진하게 예니체리들의 마음에 울림을 주는 말이 되었다.

# 제6장

죽음의 서

*Warrior*

"크ㅎㅎㅎ. 선봉이 패했다?"

으적.

어둠 속에서 한 명의 인물이 핏물이 배어나는 고기를 씹어 삼켰다. 아니, 완벽한 어둠은 아니었다. 어린아이 팔뚝만 한 커다란 양초 하나가 어둠을 밝히고 있었다. 하지만 방 안의 어둠을 밝히기에는 양초 하나로는 어림도 없어 보였다.

으적. 으적.

나이프와 포크가 식탁 위에 놓여 있었지만 사내는 나이프 와 포크를 사용할 생각이 없었다. 아니, 애초에 그의 식탁 위에 올려져 있는 음식 자체가 식사를 위한 나이프와 포크로는 자르기 불가능해 보였다.

털만 그슬린 사슴 한 마리가 그대로 올라와 있었기 때문이었다. 껍질도 벗기지 않았다.

푸욱!

사내는 사슴의 살갗을 찢고 손을 집어넣어 심장을 움켜잡았다.

우지지직!

그리고 그대로 뜯어냈다. 생살이 그대로 찢어지며 뼈가 어긋나는 소리와 함께 피가 사방으로 튀었다. 하나, 사내는 아랑곳하지 않고 사슴을 심장을 입가로 가져갔다.

으적. 으적.

"크흐흐흐. 지겹군."

사슴을 통째로 씹어 먹으며 사내는 괴소를 흘렸다.

그때 어둠에 잠긴 식탁을 밝히는 불빛이 하나 들어왔다.

끼이익!

하지만 사내는 여전히 그것에는 아랑곳하지 않고, 생고기를 먹는 데만 여념이 없었다. 문 밖에서 한 사람이 걸어 들어왔다.

뚜벅. 뚜벅. 뚜벅.

우뚝.

걸음이 멈췄다. 그 순간 사내의 손놀림도 딱 멈췄다.

막 들어온 자가 사슴의 심장을 씹어 먹고 있는 사내를 보며 살짝 안색을 찌푸렸다.

"말했을 것이다. 혐오스러운 짓 따위는 하지 말라고."

우뚝.

심장을 씹어 먹던 사내의 손이 우뚝 멈춰졌다. 그는 여전히 피가 뚝뚝 흘러내리는 심장을 씹으며 자신을 향해 근엄한 일갈을 날리는 사내를 바라보았다. 시퍼런 안광이 쏟아졌고, 그 안광은 분명 살을 떨리게 하는 적의를 담고 있었다.

꾸우욱!

앉아 있던 사내가 주먹을 움켜쥐었다. 말아 쥔 주먹이 새하얗게 변하도록 말이다. 하나, 그런 사내를 내려다보는 이는 흰 이를 드러내며 웃었다. 그러더니 탁자에 손바닥을 기대고 고개를 쭈욱 앞으로 빼 앉아 있는 사내 앞으로 들이밀면서 입을 열었다.

"나는 너의 아버지다. 이전에도 그랬고, 지금도 그러하고 말이다. 넌 절대 나를 해할 수 없다. 복종해라. 복종하지 않으면 네가 아무리 나의 아들이라 해도 용서치 않을 것이니."

사내의 말에 주먹을 말아 쥔 사내의 볼 살이 푸들푸들 떨리더니 이내 시퍼렇게 빛나던 안광을 거두어들이고 눈을 내리깔았다. 그에 만족한 사내는 이내 얼굴에서 미소를 거두고 딱딱하게 입을 열었다.

"명령이 떨어졌다."

"크흐흐흐. 제가 가면 되는 것입니까?"

마치 철판을 긁는 듯한 쉰 목소리가 흘러나왔다.

"그래. 너의 실력을 펼쳐 보일 때가 된 것이지."

사내의 얼굴 앞으로 또 다른 사내의 얼굴이 드러났다. 그는 페테스브루넌 에라크루네스 백작이었다. 그렇다면 생고기를 우악스럽게 뜯어 먹고 있는 자는 아마도 그의 아들 수아레스 에라크루네스일 것이다.

하나, 달랐다.

원래 조금은 준수했던 그의 얼굴은 온데간데 없고, 회색으로 빛나는 탁한 눈동자와 창백하기 그지없는 괴기스러운 얼굴만이 있었다.

"누구를 죽이면 됩니까?"

"마르탄 카플루스 백작."

"크흐흐흐. 좋군요."

"피에는 피로 갚는 것이 복수지."

"크흐하하하!"

아버지의 말이 마음에 들었던 것인가? 수아레스는 고개를 젖히며 거친 웃음을 토해냈다.

그런 수아레스를 의미심장하게 바라보는 에라크루네스 백

작 역시 흰 이를 드러내 웃으며 입을 열었다.

"본 가문의 악몽의 기사단이 함께할 것이다."

"그 또한 좋군요."

악몽의 기사단.

에라크루네스 백작이 칩거한 15년 동안 그 누구도 모르게 길러낸 에라크루네스 백작 가문의 비밀 무력 단체였다.

그들은 에라크루네스 백작이 그랬던 것처럼 어둠의 마법으로 만들어진 자들이었다.

하나, 그들에겐 이지가 없었다. 어떻게 보면 실패작이라고 할 수 있겠으나, 에라크루네스 백작에게 그런 것은 별문제가 되지 않았다.

그는 자신에게 복종하고 명령을 그대로 수행할 수 있는 기사가 필요할 뿐 생각하는 기사가 필요한 것이 아니니까 말이다.

그러한 기사들을 일컬어 악몽의 기사단이라 했다. 그리고 그 수는 자그마치 5백에 이르렀다. 그들은 고통을 모른다. 고통을 모르기에 맡은 바 임무를 수행하는 데 실패란 있을 수 없었다. 심지어 팔 한쪽이 뜯겨져 나가도 5분이면 다시 재생되었다.

그들은 한마디로 괴물 기사단이라 할 수 있었다.

'그런데 왜 실권을 잡지 않느냐고?'

에라크루네스 백작은 스스로 판단했다. 공이 없다. 실권이란 명분이 있어야 완벽하게 모든 것을 장악할 수 있다. 아무리 철혈의 통치를 한다고 해도 명분이 없다면 결국 논란이 일게 마련이니까 말이다.

그렇기에 자신들은 이 귀족파가 해 나가는 전투에 있어서 지대한 공을 세워야만 했다.

무력이 가장 뛰어나다고는 하지만 그것으로 모든 권력을 쥘 수는 없으니까 말이다. 적어도 권력을 쥐기 위해서는 절대적으로 자신을 지지하는 층이 있어야만 했다.

그 지지층을 마련하기 위해서 자신들은 뚜렷하게 드러나는 공을 세워야 했다. 아직까지 자신들은 신흥 세력일 뿐이었다. 미미하기 짝이 없는 권력 기반이라는 것이다.

그래서 카플루스 백작을 택했다.

카이론이 중대장일때부터 그를 전적으로 지지했던 자, 카이론이 알카트라즈에서 반란을 일으키고 이 내전을 촉발시킨 계기를 제공하고 세력을 구축하는데 결정적인 기반이 되어준 자가 바로 카플루스 백작이었기 때문이다.

그를 잡는다면 공으로 인정하지 않을 수 없을 테니까 말이다.

'그를 잡아 카이론을 끌어낸다.'

그것이 바로 에라크루네스 백작의 계획이었다.

＊　　　＊　　　＊

"불길하군."

카플루스 백작은 진채 밖 붉게 물들어가는 석양을 바라보며 입을 열었다. 평소라면 아름답기 그지없을 광경이었을 것이 틀림없었다. 하나, 오늘은 이상하게 석양이 피처럼 붉었다. 그는 석양을 바라보다 어두워지고 있는 하늘로 시선을 돌렸다.

구름이 몰려오고 있었다. 피처럼 붉은 석양이 물러나고 비를 잔뜩 머금은 구름이 하늘을 가득 채우고 있었다.

번쩍.

그리고 저 멀리 석양이 지는 하늘에 번개가 내리치고 있었다. 평소와 다른 감각. 아직까지 귀족파의 병력을 마주친 적이 없었다. 분명 귀족파에 자신들에 대한 정보가 흘러들었고, 자신들의 위치를 파악했을 것인데도 말이다.

그래서 더 불길하고 답답했다.

"별일 없을 것입니다."

"그랬으면 좋겠군."

부사령관인 만프레드 리히트호펜의 말에 카플루스 백작은 위안이 되지 않는다는 듯이 입을 열었다. 카플루스 백작은 귀족파의 병력을 막아내는 역할로 사령관을 맡은 프랭크 맥그래스 백작 휘하의 좌군 사령관이었다.

부대는 3만의 병력을 선봉과 좌군과 우군, 그리고 본대로 나누어 배치했다. 3만이라는 수가 결코 적은 수는 아니지만 15만이라는 수에 비하면 상당히 적은 병력이라 할 수 있었다.

물론 그것을 지원하기 위해 카이론 에라크루네스 국왕이 기습부대를 자처하기는 했지만 말이다.

3만 대 15만이지만 카이론 에라크루네스라는 이름이 있는 한 그리 버겁게 느껴지는 병력은 아니었다. 그런데 오늘따라 이상하게 불길한 느낌이 들었다.

"숙영지는 어찌하시겠습니까?"

한참 생각에 잠긴 카플루스 백작의 정신을 일깨운 이는 역시 리히트호펜 자작이었다. 카플루스 백작은 그를 바라봤다.

패르탱 출신으로 과거 바이큰 족과의 전쟁에서 바이큰 족에게조차 전사로 인정받고 붉은 남작이라는 칭호까지 얻은 자였다.

그를 보자 조금은 안심이 되는 카플루스 백작이었다.

"이곳에 숙영지를 정하고 경계에 만전을 기하게."

"명을 받습니다."

즉각 움직이는 리히트호펜 자작. 하지만 카플루스 자작의 표정은 여전히 풀리지 않았다. 그는 딱딱하게 굳은 얼굴로 이미 지평선 아래로 모습을 감춘 태양을 바라볼 뿐이었다.

그리고 그런 그들을 바라보고 있는 이들이 있었다.


쿠르르르릉! 쿠구그궁!

날이 어두워지면서 천둥소리가 대지를 울렸다.

쏴아아아!

그러고는 그 무게를 이길 수 없다는 듯이 장대비가 쏟아져 내리기 시작했다. 그 장대비 속에서 카플루스 백작이 구축한 숙영지를 바라보고 있는 이들이 있었다.

그들의 눈에는 시퍼런 안광이 치솟아오르고 있었다.

그들은 어둠보다 더 어두운 칠흑의 풀 플레이트를 입고 있었다. 헬름과 어깨에 뿔이 달려 있는데, 그중 가장 선두에 선 자의 헬름에는 마치 마왕의 상징처럼 두 개의 뿔이 휘어져 달려 있었다. 그가 이끄는 병력은 총 5백이었다.

5백 모두가 기사였다. 어둠 속에서 우뚝 서 아래를 내려다보는 그들의 모습은 마치 마족과 같아서 보는 이로 하여금 절로 공포를 느끼게 할 정도였다.

가장 선두에 선 자에게 한 명의 기사가 다가왔다.

"준비되었습니다."

"크흐흐. 피의 잔치를 시작한다."

"명!"

말이 끝남과 동시에 선두에 선 자가 말고삐를 말아 쥐며 앞으로 튀어나갔다. 그 뒤를 5백의 기사가 무표정하게 따랐다.

'이제 시작이다. 카이론 에라크루네스.'

선두에 선 자는 바로 수아레스였다. 그의 눈에는 시퍼런 안광이 형형히 빛나고 있었고, 입가에는 진득한 살소가 떠올라 있었다.

두두두둑!

그들은 거칠 것 없이 달려 나갔다. 굵은 빗방울도, 칠흑 같은 어둠도, 질척한 대지조차도 그들의 진군을 막을 수 없었다.

대지가 비명을 지르며 흙더미를 토해냈다.

점점 그들이 목표했던 곳으로 다가가고 있었다. 그럴수록 그들의 눈동자는 더욱더 강렬해졌고, 입에서는 마치 먹이를 앞에 두고 있는 짐승과 같은 으르렁거림이 흘러나왔다.

"크흐흐! 피를 마실 시간이다."

수아레스는 그렇게 외치며 그대로 카플루스 백작의 숙영지에 파고들었다.

"누, 누구냐!"

"멈춰라!"

병사들은 즉각 반응했고, 그들이 멈추지 않자 곧장 비상종을 울리고 목청껏 외쳤다.

때대대댕! 때대대댕!

"적이다! 적이다!"

비상종이 울리고 경고성이 터지자 5천의 병력은 일사불란하게 움직였다. 지금은 전투 중이다. 절대 레더 메일이나 풀 플레이트 메일을 모두 벗고 휴식을 취할 수는 없었다. 때문에 그들의 반응속도는 눈부실 정도로 빨랐다.

카플루스 백작 역시 마찬가지였다. 비상종이 울려퍼지자마자 천막을 걷고 나와 밖을 훑어보았다. 그는 곧바로 자신의 말에 올라타 전장을 지휘할 수 있었다. 그에 그를 호위하는 기사들이 뒤를 따랐고, 부사령관 역시 별도로 움직이며 기민하게 대응했다.

참으로 귀족파의 군에서는 볼 수 없는 빠른 대응이었다. 하지만 상대가 나빴다.

"끄아악!"

"죽여!"

"끄흐흐흐!"

런카를 손에 쥐고 휘두르는 수아레스를 필두로 이지를 상실한 채 오로지 명령만을 수행하는 악몽의 기사단은 그야말로 악몽이었다.

"죽어라!"

퍼버벅!

도끼와 창 그리고 검이 한 명의 기사에게 집중되었다. 세 개의 무기가 기사의 몸에 박혔다. 하나 기사는 미동조차 하지 않았다.

"이익!"

그들은 기사의 몸에 박힌 각자의 무기를 회수하려 했다. 하나 꿈쩍도 하지 않았다. 마치 몸에 박혀 그대로 굳어진 것처럼 말이다.

머리와 어깨에 뿔을 단 기사가 흰 이를 드러내며 웃었다. 온통 검은색이라 유달리도 그 웃음이 서늘하게 느껴지는 순간이었다.

"어?"

"무슨……."

세 명의 병사가 딸려가기 시작했다. 그들은 딸려 가지 않으려 안간힘을 썼다. 그 순간 기사의 신형이 번개처럼 움직였다.

"커억!"

와드드득!

공격을 당한 병사의 눈이 크게 떠졌다. 그러다 부들부들 떨기 시작했다. 기사가 병사의 목을 물어 살점을 뜯어내고 있었다. 피가 터져 나와 기사를 온통 적셨다.

하나 기사는 피분수를 피하기보다는 오히려 맛있는 음료

수를 마시듯 혀로 할짝거리고 있었다. 그러는 동안에도 수없이 많은 무기가 기사를 향해 쇄도했다.

하나 기사는 죽지 않았다.

꾸물꾸물.

무기에 의해 뚫리거나 가격당한 곳에 꾸물거리는 무언가가 느껴졌다. 그러더니 이내 다시 재생되었다.

"괴, 괴물."

"크크크. 죽어라!"

기사는 병사들의 외침에도 아랑곳하지 않았다. 오로지 살육과 피에만 관심이 있었다.

기사의 전신은 무기 그 자체였다. 맨손으로 병사의 팔을 찢어내고, 이로 목을 물어뜯었다.

"이노오옴!"

남부군의 기사가 악몽의 기사를 향해 검을 휘둘렀다.

서걱!

베어졌다. 하나 베어지기 무섭게 재생되고 있었다.

"이건 무슨……."

기사는 해연히 놀랐다. 트롤보다 놀라운 재생력이라 할 수 있었다. 뼈가 훤히 보이도록 베인 상처였다. 그런데 단숨에 상처가 회복되고 있었다. 그때 악몽의 기사가 남부군의 기사를 바라보았고, 빛보다 빠르게 스치고 지나갔다.

콰직!

"커허어억!"

말을 타고 있던 기사의 신형이 허공에 붕 떠오르더니 한참을 날아가서야 떨어져 내리고 있었다. 하지만 악몽의 기사는 그렇게 곱게 상대를 죽일 생각이 없는 모양이었다. 기사가 땅에 떨어지기 전에 또 다른 악몽의 기사가 접근하며 손을 휘저었다.

퍼걱!

순간 떨어져 내리던 기사의 신형이 한 번 펄떡였다.

으적!

떨어져 내린 기사의 심장을 움켜쥔 악몽의 기사가 심장을 씹어먹기 시작했다.

"아, 악마다!"

누군가 외쳤다. 진정으로 악마와 다를 게 없는 모습이었다.

심장을 씹고, 살점을 물어뜯었으며, 피를 마셨다. 공포는 빠르게 전염되어 가고 있었다. 그리고 그 중심에는 수아레스가 있었다.

"크하하하! 마르탄 카플루스 어디 있느냐? 여기 수아레스 에라크루네스가 왔다."

콰직!

"크아악!"

그의 주변에 있는 어떤 이도 살아남을 수 없었다. 그가 런 카를 한 번 휘두를 때마다 서너 명의 병사가 죽어나갔다.

그는 지치지도 않았다. 아니 지치기는커녕 가면 갈수록 힘이 넘쳐나는 것 같았다.

그를 가로막는 것은 그 어떤 것이라도 박살 났다. 검으로 막으면 검을 잘라냈고, 사람이 막으면 사람을 두 동강 냈다. 심지어는 말조차도 두 동강 내고 그 심장을 꺼내 씹어 삼켰다. 그 잔인한 모습에 병사들은 치를 떨었고, 자연히 그를 중심으로 커다란 공간이 생길 수밖에 없었다.

"저자다!"

카플루스 백작은 그의 외침을 들었다. 본능적으로 그가 저 잔인무도한 기사들의 우두머리임을 알 수 있었다.

그리고 이어지는 그의 외침에 침음할 수밖에 없었다. 수아레스 에라크루네스, 바로 카이론 에라크루네스의 배다른 형이었다.

오랫동안 카이론과 함께한 카플루스 백작이 모를 리가 없었다. 하나 달랐다. 과거 죽음의 장벽을 방문했던 수아레스 에라크루네스와는 전혀 달랐다. 우선 신장은 상대조차 할 수 없을 정도로 컸고, 얼굴이나 성정 역시 완전히 달라졌다.

'대체 무슨 일이 있었던 것인가? 설마……'

문득 생각나는 것이 있었다. 바로 절망의 기사라 일컬어졌던 이들 말이다. 하지만 그들과는 조금 달랐다.

그들은 이성을 가지고 있었다. 그리고 변신이 가능했고 말이다. 그러나 저들은 달랐다. 이성이 없어 보였다.

오로지 피와 살육만을 원하는 것처럼 보였고, 오로지 수아레스에게 복종하고 그의 명령만 수행하는 것처럼 보였다.

'내 생각이 맞다면……'

또 다른 강력한 적이 나타난 것이었다. 그들은 일반적인 병사들 혹은 기사들로 상대할 수 없을 터였다. 적어도 익스퍼트에 이른 기사들이 아니면 그들을 제거하기란 불가능해 보였기 때문이었다.

"리히트호펜 자작!"

어느새 자신의 곁으로 다가온 부사령관을 불러 세운 카플루스 백작이었다. 그의 부름을 받고 자작이 다가왔다.

"일단의 기사를 대동하여 숙영지를 빠져나가게."

"그게 무슨."

"저들은 우리가 감당할 수 있는 수준의 이들이 아니야."

"무슨 말씀을……"

"절망의 기사라고 들어보았나?"

"그… 나파즈 왕국의 기사들 말입니까? 익스퍼트 중급 이상의 기사들만이 상대가 가능하다는……"

"그래."

"한데, 왜?"

"저들도 그들과 비슷한 자들이네."

"무슨……"

카플루스 백작의 말에 경악한 그가 빠르게 전장을 훑었다. 5천에 둘러싸여 있지만 그들을 밀어붙이지 못하고 있었다. 오히려 그 잔인함에 정예 중의 정예라는 이들이 공포에 질려 물러나고 있었다.

그의 안색이 어두워졌다. 팔이 웬만한 공격은 튕겨낸다. 기사들의 검이 통하기는 하지만 팔이 잘려 나가도 다시 재생된다. 저들은 무기가 따로 없었다. 손으로 잡아 뜯고, 이빨로 물어뜯고, 피를 마시고 심장을 씹어 먹는다.

"본작이 기사들과 일단의 병사로 저들을 막을 것이네."

"하나."

"들었겠지? 저들이 나를 목표로 한다는 것을?"

"그… 렇습니다."

확실히 들었다. 그는 지금도 마르탄 카플루스라는 이름을 외치고 있으니 말이다.

"나만 나서면 될 것이야. 한 명이라도 살려야 하지 않겠나? 그리고 이것을 전하께 전해야 하고 말이지."

"그런……"

딱딱하게 굳은 리히트호펜 자작과는 다르게 카플루스 백작의 얼굴은 편해 보였다.

"뒤를 부탁하네."

"하나……."

하지만 카플루스 백작은 그의 뒷말을 듣지 않았다.

"나와 함께 죽고 싶은 자가 있는가?"

그가 외치자 그를 호위하던 기사들이 웃음을 터뜨렸다.

"하하하. 사령관님과 함께하겠습니다."

한 명의 기사가 나서자 연속적으로 기사들이 나섰다. 종내에는 모든 기사가 나섬에 카플루스 백작은 그들 중 실력이 뛰어나고 장래가 촉망되는 기사들을 추려 명을 내렸다.

"어찌 저희들을……."

"그대들이 실력이 없음에 선택된 것이 아니라 그대들은 우리 남부 기사들의 미래이기 때문이네."

그의 말에 기사들은 어떤 말도 할 수 없었다. 그런 그들을 일별한 카플루스 백작이 말 머리를 돌렸다.

그에 선출된 기사들이 그의 뒤를 따랐고, 그 기사들은 부사령관과 함께 이곳을 벗어나기로 결정된 기사들의 어깨를 토닥였다.

"남부를 부탁한다."

가장 마지막 기사가 젊은 기사들에게 한 말이었다. 그 기사와 리히트호펜 자작의 시선이 부딪혔다. 기사는 설핏 웃음을 떠올렸다. 어쩌면 죽을지도 모를 상황이었지만 기사는 전혀 위축되지 않고 있었다.

"부탁드립니다."

"살아 오게."

"하하. 물론입니다."

자신의 가슴을 탕탕치며 호기롭게 말하는 기사였다. 그러더니 이내 말 머리를 돌려 카플루스 백작이 향하는 곳으로 달려간다. 그런 기사들을 보며 리히트호펜 자작은 말고삐를 잡아챘다.

"하아!"

후퇴니 퇴각이니 하는 말은 없었다. 자신들은 해야 할 임무가 있으니 말이다.

그들은 빠르게 어둠 속으로 사라졌고, 갈라졌던 틈새는 어느덧 다시 인의 장막으로 복구되었다.

"이노옴! 수아레스 에라크루네스! 마르탄 카플루스가 여기 있다아!"

카플루스 백작이 외쳤다. 그에 수아레스는 즉각 반응했다. 그는 악몽의 기사들과 동떨어져 홀로 카플루스 백작이 있는 곳으로 향했다. 수없이 많은 병력이 그의 앞을 막아보려 했지만 무리였다.

애초에 막을 수 있는 상대가 아니었다. 그러나 병사들은 마치 섶을 지고 불 속으로 뛰어드는 부나방마냥 끊임없이 그의 진로를 방해했다. 하나 수아레스는 귀찮아하기는커녕 오히려 그것을 즐기고 있었다.

피 냄새와 뼈를 잘라내는 그 느낌을 말이다.

"크흐흐. 좋구나. 좋아!"

그는 마치 유흥을 즐기듯 병사들을 죽여 나갔다. 그에 카플루스 백작은 크게 외쳐 병사들을 물러나게 했다.

"물러나라! 기사들을 상대하라!"

카플루스 백작의 말에 병사들이 물러나고 길이 열렸다. 수아레스는 그런 것에는 아랑곳하지 않고 자신의 진정한 먹이를 향해 쇄도해 가기 시작했다.

오십이 넘어가는 기사가 대기하고 있음에도 불구하고 그는 전혀 주눅 들지 않았다.

"크하하하. 오라! 어서 오라!"

그는 미친 듯이 외쳤다. 너무 즐거워 미치겠다는 듯이 말이다.

"미친놈! 죽어랏!"

"카테인 왕국의 기사의 검을 알려주지!"

기사들이 그를 둘러싸고 공격해 들어갔다.

콰차차장!

병장기와 병장기가 부딪히며 불똥이 튀었다. 그들은 눈을 부릅뜰 수밖에 없었다. 상상을 초월한 충격 때문이었다. 그러나 수아레스는 아무런 충격도 받지 않은 듯 거대한 런카를 아주 가볍게 휘둘렀다.

그 순간 두 명의 기사의 목이 허공으로 치솟아올랐고, 몇 명의 기사는 분통을 터뜨리며 그를 향해 쇄도해 들어갔다.

하나 그런다고 달라질 것은 없었다. 수아레스는 여전히 시퍼런 안광을 뿜어내며 쇄도 해 오는 기사들의 병장기와 몸을 그대로 두 쪽으로 갈라 버렸다.

쫘아아악!

"크하하하학! 겨우 이것뿐이더냐? 시시하다. 시시해."

연신 기사들을 죽여 나가면서도 그는 미친 듯이 외쳤다. 더 많은 피를 달라고, 더 많은 고통을 선사해 달라고. 기사들은 벌 떼처럼 그를 향해 쇄도했고, 그의 칠흑의 풀 플레이트 메일에 상처를 남겼다.

하나 그저 상처일 뿐 그에게는 아무런 타격조차 주지 못한 것 같았다. 일반적인 방법으로는 도저히 그를 상대할 수 없을 것 같았다. 하나 그를 잡아두는 것만으로도 남부군의 병사들은 악몽의 기사들을 상대로 선전하고 있었다.

물론, 여전히 병사들은 죽어가고 있었다. 악몽의 기사들은 자신의 이름이 왜 악몽인지 여실히 보여주고 있었다. 남부군의 5천 중 절반의 수가 죽어나갔음에도 그들이 죽어간 수는 겨우 2백 정도였다.

그들의 사전에는 항복이라는 단어가 존재하지 않았다. 항복을 하든 어떠하든 그들은 오로지 죽음만을 원했다. 그들에게 내려진 지상명령은 바로 말살이었기 때문이었다. 그러하기에 병사들은 항복하지 않았다.

오히려 악에 받쳐 미친 듯이 그들에게 달려들었다.

죽을 것을 알면서도 그들에게 달려든 것이었다. 양팔에 한 명씩 달려들어 손을 제압하고 또 다른 두 명이 악몽의 기사의 두 발을 붙잡고 늘어졌다.

그 와중에 악몽의 기사의 머리를 부수거나 목을 치고 심장을 쪼갠다. 악몽의 기사 한 명에 다섯이 넘는 병사가 달라붙어야 그들을 죽일 수 있었다. 하지만 이것도 죽일 경우에 한한다. 다섯이 달라붙었음에도 악몽의 기사를 당해내지 못하고 죽어나가는 병사들이 태반이었다.

그들은 지치도 않았다. 마치 인간의 핏물로 체력을 보충하는 것처럼 말이다. 그것은 수아레스 역시 마찬가지였다. 악몽의 기사들을 지휘하는 그 역시 괴물이라 할 수 있었다. 인간같지 않은 체력을 지닌 괴물 말이다.

"죽엇!"

한 명의 기사 수아레스의 등 뒤에서 그를 공격해 들어갔다.

그의 검에는 오러 스트림이 시전되어 있었다.

슈카가각!

수아레스가 착용하고 있던 칠흑의 풀 플레이트 메일이 쩌억 갈라졌다. 아무리 견고하다고 하나 오러 스트림이 시전 된 검을 막아내기에는 어려움이 있었다. 수아레스는 잠시 움찔 하나 싶더니 서서히 뒤로 돌아섰다.

쉬이익!

그런 수아레스의 옆구리를 향해 긴 장검이 파고들었고 수 아레스는 런카를 짧게 휘둘렀다.

쩌억!

그를 공격해 들어가던 기사의 헬름에 그대로 박혀드는 런 카. 수아레스는 무표정하게 런카를 끌어당겼다. 아무렇지도 않게 한 명의 기사를 죽인 수아레스. 하나 그의 시선은 죽어 넘어가는 기사를 향하기보다는 자신의 등에 상처를 남긴 기 사를 바라보고 있었다.

일반 기사들 사이에 오러를 다룰 줄 아는 기사들이 숨어 있 었다. 그리고 약간의 틈이 보일 때마다 지체 없이 찌르고 들 어왔다. 그에 여기 저기 상처를 입은 수아레스였지만 별 소용 은 없었다.

찔리고 갈라지는 순간 믿을 수 없는 속도로 재생되는 그의 피부 때문이었다. 비록 그가 착용하고 있는 칠흑의 풀 플레이트 메일은 이리저리 베이고 찢겨져 나갔지만 정작 당사자는 아무런 상해를 입은 것 같지 않았다.

"괴물 같은 새끼."

그에 수아레스가 흰 이를 드러내며 날카롭게 웃었다.

"괴물 같은 것이 아니라 괴물이지. 너희 놈들을 잡아먹는 괴물 말이다."

"미친!"

쭈와아악!

하나 기사는 결코 뒷말을 연결시킬 수 없었다. 어느새 수아레스의 런카가 그의 전신을 두 쪽으로 쪼개고 있었기 때문이었다.

"오라! 와서 나에게 죽어라!"

휘이이잉! 콰아아앙!

"꺼어어억!"

자를 필요도 없었다. 그저 런카의 넓은 면으로 후려치기만 해도 기사들은 핏물을 게워내며 죽어갔다.

"이노오옴!"

쉬아아아아! 콰아아앙!

거대한 폭음이 터져 나왔다. 수아레스는 전투가 개시된 이래 처음으로 표정을 드러냈다. 그러다 다시 예의 기이한 괴소를 흘려냈다.

"크흐흐. 그래, 그래야지. 사령관으로서 수하가 죽어나가는 데 언제까지 뒤에 숨어 있을 수는 없는 것이지."

"알면 죽어라!"

콰아아~

카플루스 백작이 검을 휘둘렀다. 그와 동시에 익스퍼트에 오른 몇 명의 기사가 함께 움직였다. 수아레스의 주변은 온통 기사들뿐이었다. 병사들은 이미 멀찌감치 떨어져 악몽의 기사들을 물고 늘어지고 있었다.

"크흐흐. 좋구나."

하지만 수아레스는 오히려 좋다고 했다. 살을 에일 것 같은 오러가 사방에서 짓쳐 들어옴에도 불구하고 그는 여유롭기 그지없었다. 그러다 느릿하게 런카를 휘둘렀고, 그의 런카에서는 검은색의 무언가가 쏟아져 나오며 자신을 향해 쇄도해 오는 모든 병장기를 떨쳐내고 있었다.

쩌저저정!

"크흐흡!"

카플루스 백작은 그 순간 손아귀에 전해져 오는 극통에 신음을 내뱉으며 급급하게 물러나 다음 공격에 대비했다. 하나, 수아레스는 그를 향해 런카를 휘두르지 않았다. 어느새 말에서 솟아올라 포위망을 벗어났다.

그리고 후면을 경계하고 있던 기사에게 떨어져 내리며 런카를 그어 내렸고, 연이어 주변의 기사들을 베어냈다. 순식간에 네 명의 기사가 비명조차 지르지 못하고 죽음을 맞이했다.

"이… 비겁한 놈!"

"크흐흐. 비겁? 재미있군."

그러면서 카플루스 백작이 다가오자 다시 박차고 날아올라 그와 정반대 방향으로 떨어져 내리며 기사들을 죽였다. 상대가 되지 않았다. 일도에 서너 명의 기사가 죽어나갔다. 그는 마치 카플루스 백작을 놀리듯이 그와의 전투를 회피하고 주변의 기사들을 죽여 나갔다.

"분통한가? 하면 나를 죽여보아라. 크하하하!"

그는 즐기고 있었다. 자신을 잡지 못하고 부하들이 죽어가는 모습에 비통에 젖어 분노하고 있는 카플루스 백작의 모습을 말이다.

"전원 집결!"

결국 카플루스 백작은 포위를 풀고 외쳤다. 그에 기사들은 다시 카플루스 백작의 뒤로 집결해 도열했다. 그런 모습을 보며 수아레스는 혀를 찰 수밖에 없었다. 한창 재미있었는데 그 재미가 없어졌다는 것에 불만이 가득한 얼굴이었다.

"진정 네놈은 인간이 아니로구나?"

"크흐흐. 인간? 무엇이 인간이란 말인가? 생사가 아닌 스스로의 목적을 위해 동족을 죽이는 것이 인간이던가?"

수아레스의 말에 카플루스 백작은 할 말이 없어 잠시 머뭇거렸다. 하나 이내 눈을 빛내며 입을 열었다.

"그나마 우리는 서로의 목적을 위해 동족을 죽인다만 너는 뭔가? 너의 즐거움을 위한 것이 아닌가? 적어도 나는 즐기기 위해 사람을 죽이지는 않는다."

"켈. 그렇게 되나? 뭐 어떤가? 즐거우면 그만인 것을."

"미친놈!"

"그래. 난 미쳤지. 피에 미치고 살인에 미쳤다. 그러니 나를 조금 더 즐겁게 해보란 말이다."

"우와아악!"

카플루스 백작이 거대한 함성을 지르며 수아레스를 향해 쇄도했다. 그런 카플루스 백작을 보며 히죽거리던 수아레스의 얼굴이 일순간 싸늘에게 굳었다.

"난 너희 같은 놈들이 싫다. 아니, 카이론의 주변에 있는 모든 년놈이 싫다. 모두 죽일 것이다. 처절하게 죽여줄 것이다."

그의 런카에서 칙칙하고 불길한 검은색의 오러가 넘실거리며 솟아올랐다. 카플루스 백작은 그것이 또 다른 형태의 오러 블레이드라는 것을 알 수 있었다. 때문에 카플루스 백작은 공격해 들어가면서도 암울해질 수밖에 없었다.

'이렇게?'

어떻게 그 짧은 시간에 중급의 기사가 마스터가 될 수 있었는지 의문이었다. 하지만 이내 한 가지 가능성을 생각해 낼 수 있었다.

'나파즈 왕국에서 흘러 들어온 어둠의 마법이라면……'

그랬다.

지금 이 순간 카플루스 백작의 뇌를 스치고 지나가는 생각이었다.

"유성진을 펼쳐라!"

그는 자신을 따르는 기사들에게 마지막 명령을 내리며 메시지 마법이 각인되어 있는 스크롤 한 장을 찢었다.

그의 명령에 살짝 놀란 기사들. 하지만 이내 현재 상황을 이해하고 유성진을 펼쳤다. 그 와중에도 악몽의 기사들이 끊임없이 그의 전면을 들이치고 있었다.

진식을 펼치는 기사들은 생각했다. 자신들은 죽어도 상관없었다. 이 진식의 목적은 단 한 명의 기사를 남김에 있었으니 그 기사는 유성의 가장 꼬리에 있는 기사였다.

유성진을 펼치던 기사의 뇌리에 카플루스 백작의 명령이 전해졌다.

'잘 들어라. 지금 수아레스는 어둠의 마법으로 마스터의 반열에 올랐다. 이 사실을 반드시 전해야 한다.'

카플루스 백작의 명령을 받은 기사의 얼굴이 딱딱하게 굳었다.

'마스터!? 반드시 이 사실을 전해야 한다.'

그는 어금니를 꽉 깨물었다. 전하지 않으면 안 된다. 반드시 자신은 살아 돌아가야만 했다. 그는 어느새 말 머리를 돌리고 후방으로 향했다. 그의 뒤를 한 명의 악몽의 기사가 마치 예상이나 했다는 듯 따라붙었다.

아마도 그를 따돌리기는 어려울 것이다.

따라잡히기까지 아직은 거리가 있었다. 기사는 재빠르게 무언가를 써 내렸고, 그것을 눈앞의 병사에게 건넸다.

"도망쳐!"

그렇게 외친 기사는 자신을 향해 쇄도해 오는 악몽의 기사를 향해 달려들었다.

"이야얍!"

챙강! 서걱!

단 한 수였다. 단 한 수에 기사의 목이 떨어졌다. 악몽의 기사는 마치 자신의 할 일을 마쳤다는 듯이 다시 날뛰기 시작했다. 그리고 그 순간 멀리서 함성이 들려왔다. 그것은 수아레스의 뒤를 따라온 귀족군의 함성이었다.

그에 카플루스 백작의 얼굴이 절망에 물들어갔다. 수십의 기사가 수없이 공격하고 있음에도 불구하고 수아레스는 여전히 강했다. 죽어나가는 것은 수아레스가 아닌 기사들이었다.

그들은 한 줌의 부나방처럼 산화해 갔다.

"하아압!"

카플루스 백작은 거대한 함성을 내지르며 수아레스 향해 날아올랐다. 그에 막 한 명의 기사를 베어낸 수아레스가 자신을 향해 날아오는 카플루스 백작을 바라봤다. 두 사람의 시선이 부딪혔다.

수아레스는 진득한 살소를 떠올렸다. 그리고 느릿하게 런카를 들어 앞으로 뻗었다.

"커허어억!"

누구의 비명인가?

그 의문은 금세 풀렸다.

카플루스 백작은 자신을 찔러오는 런카를 피했다고 생각했지만, 런카는 그의 명치를 관통하고 있었다.

풀 플레이트 메일의 중량과 그의 몸무게까지 합쳐져 상당한 중량임에도 불구하고 수아레스는 가벼운 종이를 들고 있는 것처럼 평온했다. 그러다 수아레스의 얼굴이 꿈틀거리며 변하기 시작했다.

"너무 쉬워."

촤아악!

그리고 런카를 사선으로 그어버렸다. 백작의 신형이 힘없이 떨어져 내렸다. 수아레스는 다시 런카를 휘둘렀다.

서걱!

떨어져 내리는 카플루스 백작의 목을 쳐 런카의 끝에 꽂았다. 그리고 사방을 휘둘러보았다. 이미 전투는 막바지에 접어들고 있었다. 그의 뒤를 따라온 귀족군이 남부군을 죽여 나가고 있었다.

귀족군은 항복하라고 외쳤지만 남부군은 항복하지 않았다. 아니, 오히려 동료들을 잔인하게 죽인 악몽의 기사들을 향해 악착같이 달려들었다.

"허어~ 이런 독한 놈들."

전후 사정을 모르는 귀족들이나 기사들은 오히려 남부군들을 악독하다 했다.

"어쩔 수 없지. 포로는 없다. 모조리 섬멸하라!"

"우와아아!"

거의 1만이 넘어가는 귀족군이었다. 겨우 1천 명 내외로 살아남은 남부군이 상대가 될 리가 없었다. 그들은 그렇게 죽어갔다. 남부군 5천명 전원이 사망한 것이었다.

실로 지독하다 할 것이었다. 하나 그들은 전장을 정리하면서 의문이 들었다. 검상이나 창상 혹은 병기에 의해 죽은 자들보다 마치 몬스터에게 당한 듯이 목의 살점이 뜯겨져 나가거나 심장이 통째로 사라진 시신이 많았던 탓이었다.

"허참. 이게 무슨 해괴한 일인가?"

누군가 그렇게 입을 열었지만 그 이상은 아무도 의문을 가지지 않았다. 단지 그들은 조금은 의심스럽게 살아남은 3백의 악몽의 기사를 추스르고 있는 수아레스를 바라볼 뿐이었다.

그의 런카 끝에는 예의 좌군 사령관인 카플루스 백작의 목이 꽂혀 있었다.

수아레스는 무표정하게 전장이 정리되는 것을 바라보다 문득 고개를 돌려 이제는 완연하게 모습을 드러낸 태양과 반대 방향을 바라봤다.

무엇을 보는 것일까? 그것은 아무도 모를 일이었다.

다만.

"허억!"

단 한 명.

부사령관 리히트호펜 자작은 거친 숨을 들이킬 수밖에 없었다.

'나를 본 건가? 저 멀리에서?'

보이지도 않을 거리였다. 그조차도 안력을 돋구어 겨우 개미만 한 크기의 귀족군을 볼 뿐이었다. 그런데 그 먼 거리를 관통해 자신을 정확하게 바라보는 것 같았다.

'일부러… 날 살려준 것이로군.'

의도는 명백했다.

카이론 에라크루네스에게 이 사실을 전달하라는 것 이었다. 그것을 깨달은 그는 얼굴을 딱딱하게 굳히며 입을 열었다.

"분명하게 전하지. 네놈들이 어둠의 마법에 손을 대었다는 것을 말이다."

# 제7장

형제

*Warrior*

딸깍!

상자의 뚜껑이 열렸다. 그 안에는 사람의 목이 하나 담겨 있었다.

바로 마르탄 카플루스 백작의 목이었다.

'마르탄 카플루스.'

카이론은 말없이 카플루스 백작의 창백한 목을 바라볼 뿐이었다. 그는 자신의 중대원을 제외하고는 자신과 가장 오랫동안 같이한 자였다. 어떤 일을 맡겨도 결코 회피하지 않고 진중하게 맡은 임무를 완수했던 사람이었다.

그가 가장 믿는 자 중 한 명이었다.

그런 그가 주검이 되어 그의 눈앞에 있었다.

"수아레스였다고?"

"분명 그의 입으로 그리 말했습니다."

"그것은 알아보지 못했다는 말이로군."

"달랐습니다."

"어떻게?"

"신장은 무려 2미터에 가까웠고, 눈은 검붉은색에 가까웠습니다. 또한 과거 사용했던 검이 아닌 런카를 사용했으며, 형언할 수 없을 정도로 짙은 살기를 내뿜고 있었습니다. 추측하기로 그는 어둠의 힘을 손에 넣은 듯합니다."

"어둠의 힘이라……."

적막이 감돌았다. 그 누구도 입을 열지 않았다. 리히트호펜 자작 역시 입을 열지 않았다. 카이론은 깊은 생각에 잠겨 있었다.

"……. 역시 나파즈 왕국인가?"

"그렇게 판단됩니다."

리히트호펜 자작이 아니었다. 그의 곁에는 어느새 슐리펜 공작이 앉아 있었다. 그에 카이론은 시선을 슐리펜 공작에게 향하며 그에게 물었다.

"재상이라고 생각하나?"

"아마도 그럴 것입니다. 현재 나파즈 왕국은 본국과의 연결 고리가 모두 끊어졌기 때문입니다."

"그렇다면 에라크루네스 백작을 통해서 어둠의 힘이 흘러들었겠군."

"그렇지 않을까 사료됩니다."

둘의 대화에 막사 안의 사람들은 아연실색할 수밖에 없었다. 아무리 권력에 미쳤다고 해도 어찌 아들을 실험의 대상으로 삼을 수 있단 말인가?

"하면, 그 역시……."

"그렇게 보는 것이 타당하겠지. 지난 15년간 병석에 있었다는 것은 어둠의 힘을 체화시키기 위해서였을 것이고, 상황이 미묘하게 돌아가니 완벽하게 체화시키지 못하고 나섰을 것이다. 그리고 깨달았겠지. 어둠의 힘은 속성이 가능하다는 것을 말이야. 물론, 그 부작용이 크겠지만."

"아무리 그렇다 해도……."

맥그로우 공작이 말을 흐렸다. 하나, 카이론은 고개를 저었다.

"그럴 만한 인물이다. 권력을 위해 정실을 죽이고, 정실의 묘를 파 그 시체를 동물의 먹이로 던져 줄 정도의 독심을 가진 자라면 말이지."

도무지 이해할 수 없는 일이라 할 수 있었다. 하지만 눈앞에서 실제 그 일이 일어나고 있으니 믿을 수밖에 없었다.

"놈이 나를 부르고 있군."

"전하를 말입니까?"

"그래."

"그렇군요."

아주 간단하게 인정해 버리는 슐리펜 공작이었다. 그럴 만
도 했다. 그가 아는 에라크루네스 백작 가문의 얽히고설킨 원
한 관계는 이미 돌이킬 수 없을 상태로 향하고 있었으니까 말
이다. 하나, 슐리펜 공작이 보기에 그들은 전혀 승산 없는 싸
움을 걸고 있었다. 그들이 아무리 어둠의 힘을 얻어 인간으로
서는 상상조차 할 수 없을 정도로 강력해졌다고는 하나 결코
카이론을 당해낼 수는 없었다.

카이론은 누천년을 살아온 자신마저도 승리를 장담할 수
있는 그런 자가 아니니까 말이다.

'어리석고 또 어리석다. 어찌 그들은 그의 진실한 모습을
보지 못하는 것인가?

그럴 수밖에 없었다. 자신의 눈앞에 놓인 힘에 취해 사리분
별을 제대로 하지 못하고 있으니 말이다. 우선은 자신의 친자
를 강한 자가 살아남는다는 미명 아래 방치한 것부터 그러했
다.

'권력에 눈이 먼 것이겠지.'

권력에 눈이 멀어 정실과 자식마저 죽이고 오로지 권력의 노예로 전락해 버린 존재들.

그런 존재가 바로 에라크루네스 백작과 수아레스였다. 어둠의 힘이란 복수의 마음이 간절하면 간절할수록, 권력에 대한 욕망이 크면 클수록 그 힘이 강해지게 마련이니까 말이다.

그리고 재상은 교묘하게 그 욕망을 이용했을 것이다. 비단 에라크루네스 백작 가문뿐만이 아닐 것이다. 카테인 왕국에서 갑작스럽게 두각을 나타내고 잔인해진 귀족들이나 기사들을 본다면 십 중 팔은 그의 암수가 뻗쳤을 가능성이 높았다.

"슐리펜 공작."

"하명하시길."

"어둠의 뿌리를 뽑아야겠어."

"어둠의 뿌리라면?"

"우선은 가지를 쳐야겠지. 물을 차단하고 말이지."

"쉽지 않을 것입니다."

"하지만 하지 않으면 안 될 일이지. 그것은 오직 공작만이 가능한 일이고 말이지."

그랬다. 슐리펜 공작은 기본적으로 드래곤이었다. 아무리 힘을 감추고 있다고 하지만 그의 감각에 어둠의 힘이 걸리지 않을 리가 없었다. 그것은 그의 능력을 개방하지 않아도 되는 용언의 제약에 묶이지 않는 사항이었다.

"데어세크가 필요합니다."

"언제든지."

"바로 착수하도록 하겠습니다."

"고맙군."

"별말씀을. 소작이 해야 할 일 중의 하나일 뿐입니다."

하기는 그랬다. 드래곤이라는 지고의 존재의 존재이유는 중간계의 안정이었다. 관조자이자 감시자이며, 연결자였다. 그리고 그의 의무 중 하나가 바로 중간계가 어둠의 힘에 잠식되는 것을 막는 것이었다.

꼬리가 드러난 이상 어떻게 해서든지 슐리펜 공작은 자신의 직분을 다해야만 했다. 오히려 카이론의 명이 아니었다면 그가 스스로 청원을 했을지도 모를 일이었다. 유희라고는 하지만 그는 여전히 카테인 왕국의 공작이었으니 말이다.

"바로 출발하도록."

"명을 받듭니다."

말과 함께 슐리펜 공작의 신형이 사라졌다. 그 모습을 보면서도 맥그로우 공작은 놀라지 않았다. 이미 슐리펜 공작이 7서클을 넘어서고 있음을 알고 있었기 때문이었다.

"어찌하겠나?"

"무엇을 말입니까?"

카이론이 물었고, 맥그로우 공작이 되물었다.

"죽을 수도 있다."

카이론의 말에 그녀는 웃음을 지었다.

"과거의 캐슬린 맥그로우는 사라진 지 오래입니다. 이곳에 있는 캐슬린 맥그로우는 제28대 카테인 국왕 전하께 충성을 맹세한 기사일 뿐입니다."

"그렇군. 하면 준비하도록."

"명을 받듭니다."

맥그로우 공작이 자리에서 일어났다. 그녀가 완전히 사라지자 카이론의 눈동자가 침잠해 들어가기 시작했다.

"이제… 에라크루네스 가문과의 질긴 악연의 끝을 볼 때가 된 것인가?"

카이론은 피할 생각이 없었다. 아무리 후대가 자신을 아비와 형을 죽인 패륜아라고 할지라도 말이다. 이미 그들은 어둠에 물들었고, 이제는 그들에게 안식을 주어야 할 때였다. 어둠이 이 카테인 왕국을 잠식하기 전에 말이다.

카이론은 자리를 박차고 일어나서 막사 밖으로 모습을 드러냈다. 이미 카이론의 명을 받은 6천 5백여의 예니체리가 모든 준비를 마치고 있었다.

"포사이스로 향한다."

"추웅!"

카이론이 말에 오르고 그 뒤를 예니체리가 따랐다. 카이론은 말을 내달리며 들고 있던 양피지를 마나의 힘으로 태웠다.

포사이스 성에서 기다리마.

＊  ＊  ＊

포사이스 성.

현재 있는 곳으로부터 이틀을 달려가야 하는 곳. 하지만 그
여정은 결코 순탄하지는 않았다. 카이론 그가 이동하는 길을
따라가면 갈수록 예니체리들의 안색은 딱딱하게 굳어져 가고
있었다.

"어떻게 이럴 수가……."

"인간으로서 어찌……."

그들은 지금 폐허가 된 한 마을에 도착해 있었다. 말 그대
로 폐허였다. 시체를 파묻고 불태운 곳에는 아직도 불이 꺼지
지 않았고 매캐한 연기와 함께 살이 타는 냄새가 진하게 퍼져
나오고 있었다.

하늘에는 까마귀들이 떠돌고 있었고, 그 하늘 높은 곳으로
검은색 연기가 피어오르고 있었다. 예니체리 중 한 명이 반쯤
무너져 내린 집 안으로 들어갔고, 눈살을 찌푸릴 수밖에 없었
다.

그곳에는 일가족이 죽어 있었다. 좁은 벽난로에 강제로 구겨 들어가서 말이다. 벽난로에 들어가지 못한 이들은 바닥에 아무렇게나 구겨져 있었는데 산 채로 팔과 다리가 뜯겨 나간 듯했다.

진득하게 흘러내린 핏물이 검게 변색되어 굳어져 있었다.

예니체리에 소속된 이는 단검을 꺼내 굳은 핏물을 긁어내 단검 끝에 묻혔다. 그리고 코로 냄새를 맡아보고 손가락으로 가볍게 비벼봤다.

"알아낸 것은?"

"이것은 인간의 피와 몬스터의 체액이 뒤섞인 것입니다."

"몬스터?"

"그렇습니다."

"……"

예니체리의 보고에 카이론은 말이 없었다. 오십여 호에 이르는 중규모의 촌락이었다. 마을 사람들은 모두 죽어 널브러져 있었고, 제대로 화장조차 하지 않아 벌레들이 들끓고 속을 메스껍게 하는 시취가 풍겨 나오고 있었다.

"시체를 모아 화장한다."

"명!"

예니체리들이 빠르게 움직였다.

"수아레스. 넌 정말 스스로 죽음의 길을 걸어가는구나."

카이론은 알고 있었다. 이 모든 일을 수아레스가 한 것임을 말이다. 이것은 자신을 불러들이기 위해 한 짓이 아니었다. 자신의 내면에 꿈틀거리고 있는 광폭함과 피를 갈구하는 성정을 이겨내지 못하고 저지른 짓이었다.

'느낌이 좋지 않아……'

카이론은 이것이 전부가 아니라는 것을 직감적으로 느끼고 있었다. 그의 성정은 갈수록 포악해지고 있었다. 인간의 성정을 잃고, 점점 몬스터의 성정으로 변해가고 있는 것이었다.

자신의 아버지 페테스브루넌 에라크루네스는 자신은 완벽하게 어둠의 힘을 받아들였음에도 자신의 자식에게는 불안정한 어둠의 힘을 주입시켰다.

물론, 어둠의 힘이라는 것이 결코 댓가가 없는 것은 아니었다. 하지만 완전한 제물과 불완전한 제물은 그 결과가 확연하게 차이 날 수밖에 없었다.

카이론은 그가 직접 마법을 실현시킬 수는 없지만 그 누구보다 마법과 흑마법에 대해서 잘 알고 있었다.

지금 이 현상은 불완전한 제물로 인한 폭주 현상이라 할 수 있었다. 하지만 이것은 초기 현상일 뿐, 가면 갈수록 폭주하는 시간은 늘어날 것이고, 제정신으로 있는 시간은 줄어들 것이다.

그리고 종내에는 한 마리 몬스터가 될 수밖에 없었다. 만약 에라크루네스 백작이 이것을 알고 있었다면 어떻게 될 것인가?

그는 자신의 아들을 자신의 야망을 성취하기 위한 도구로 볼 뿐 그 이상으로 보지 않는 냉혈한이었다.

'어디까지 가시려는 겁니까?'

이렇게 해서 얻는 것이 대체 무엇일까? 무엇을 얼마나 숨기고 있으며, 어디까지 간 것일까? 직접 만나 해답을 듣지 않는 한은 절대 알 수 없는 질문이 꼬리에 꼬리를 물고 카이론을 괴롭혔다.

의절했다고는 하지만 여전히 그는 자신의 아버지였고, 수아레스는 자신의 이복형이었다. 그 관계 자체를 부정할 수는 없었다. 담대하게 대하고 있기는 하지만 결코 편한 마음은 아니라 할 수 있었다.

"괜찮으십니까?"

"괜찮지 않을 이유가 없지."

"그렇습니까?"

맥그로우 공작이 카이론을 빤히 바라보며 입을 열었다. 카이론은 무심하게 그녀의 시선을 회피했다.

"출발하지."

"멍! 출바알!"

이미 마을 정리가 끝난 상태였다. 그녀가 외치자 예니체리는 지체 없이 움직였다. 하나, 그들은 가면 갈수록 눈살을 찌푸릴 수밖에 없었다. 시체가 점점 늘어나고 있었다. 처음에는 그나마 대충이라도 시체를 모아 화장시킬 수 있을 정도 였다.

하나, 가면 갈수록 온전한 상태의 시체가 점점 줄어들고 대신 몬스터에 당한 듯 전신이 난자당하거나 찢기고 부서진 시체가 널렸다.

여기저기에 팔과 다리 혹은 내장이 흩어져 있었다. 마치 자신들의 강함을 드러내기 위하여 과시하는 것처럼 말이다.

인상이 저절로 찌푸려지는 광경이라 할 수 있었다. 예니체리 역시 분노에 찬 표정을 지을 수밖에 없었다.

이들은 전쟁에 참여한 이들도 아니었다. 그저 평화롭게 살아가던 평민일 뿐이었다. 그런데 무장도 하지 않은 그들을 마치 장난감처럼 가지고 놀다 죽였다.

"이건… 전쟁이 아니로군요."

그 잔혹한 모습에 맥그로우 공작이 기어코 한마디를 내뱉었다. 그랬다. 이것은 전쟁이 아니었다. 그저 유희였다. 힘없는 평민을 이용해 자신들의 갈증을 풀어낸 것이다.

"그래서 더욱 부담이 없어지는군."

맥그로우 공작의 말에 카이론은 그렇게 답했다. 일말의 감정이라도 남아 있을 수 있었다. 하나, 몇 개의 초토화된 마을을 지나쳐 오며 카이론은 느낄 수 있었다. 이미 수아레스 에 라크루네스는 사라지고 없다는 것을 말이다.

그는 점점 더 잔인해져 갔다. 내면 속에 잠들어 있던 어둠의 힘이 완벽하게 깨어나고 있었다. 가면 갈수록 죽어간 자들의 피가 사라지고 있었다. 그리고 이곳에 죽은 사람들은 마치 미라처럼 바짝 마른 채였다.

그리고 바짝 마른 시체를 훼손했다. 죽은 개구리의 발을 떼어내듯 말이다. 그들은 그러면서 키득거리며 웃었을 것이다. 그 생각에 절로 분노가 치솟아 오르고 있었다. 하지만 카이론은 서두르지 않았다.

그는 한 마을, 한 마을을 모두 들러 미라가 되어 있는 모든 시체를 화장했다. 그리고 멀리 포사이스 성이 보이는 마지막 마을에서는 손수 모든 주민의 시체를 옮기고 불을 질러 화장했다. 마치 모든 것을 화염과 함께 떠나보내는 것처럼 말이다.

카이론은 불타오르는 사체를 물끄러미 바라보고 있었다. 검은 연기가 하늘 끝까지 솟아오르고 있었다. 그때 포사이스 성의 성문이 열렸다. 이 근방에서 가장 큰 성이어서인지 성문이 내려오는 소리가 이 먼 거리까지 들려오고 있었다.

카이론의 시선이 포사이스 성의 성문으로 향했고, 마치 기다렸다는 듯이 한 마리의 말이 쏜살같이 튀어나왔다. 그리고 그 말 위에는 한 명의 사람이 타고 있었다. 하나, 정상적인 상태는 아니었다.

사람을 태운 말이 중간쯤 도달했을 때 포사이스 성의 성루에서 빛살과 같은 것이 쏘아져 나왔다. 순간 카이론은 말안장에 부착되어 있던 단창을 들어 그대로 집어 던졌다.

쒜에에엑!

단창은 마치 공기의 저항을 전혀 받지 않는다는 듯이 허공을 날았다.

콰아아앙!

성루에서 쏘아낸 무언가와 카이론이 던진 단창이 부딪히며 거센 폭음이 들려왔다. 그에 화들짝 놀란 말은 더욱더 속력을 내었다.

"말을 인도하도록."

"명!"

카이론을 호위하던 호위대 중 한 명이 득달같이 달려가 놀라 정신없이 날뛰고 있는 말을 진정시켜 끌고 왔다. 예상대로 말 위에 있는 것은 사람이었다. 사람이 타고 있는 것이 아니라 강제로 안장에 묶여 있는 형태였다.

그 위에 묶여 있는 사람의 형상은 그야말로 잔인하기 이를 데 없었다. 전신을 핏물로 적시고 있었다. 그리고 피부가 모두 벗겨진 상태였다. 겨우 숨만 붙어 있을 뿐이었다. 언제 죽어도 전혀 이상하지 않을 상태였다.

"주, 주우겨어~"

서걱!

카이론은 그 말을 듣자마자 언월도를 휘둘렀다.

툭!

살가죽이 모두 벗겨진 고깃덩어리 하나가 말 위에서 힘없이 허물어졌다. 그 상태로 살아 있다는 것 자체가 이상할 정도였다. 그때였다. 다시 성문이 열리고 또 한 마리의 말이 튀어나왔다. 카이론은 안력을 돋우었고 지체 없이 단창을 들어 날려 보냈다.

단창은 그 먼 거리를 날아가 말 위에 묶여 있는 자의 심장을 그대로 관통했다. 그에 마치 신기루처럼 붉은 핏물이 분사되며 붉은 혈인이 허공을 치솟아 올라 대지 위로 떨어져 내렸다. 그리고 카이론의 얼굴이 더욱더 차갑게 굳어갔다.

"혼자 간다."

"하나!"

"내가 해결해야 할 일이다. 그 누구도 간섭하지 마라."

카이론의 말에 맥그로우 공작과 슈바르츠 단장이 동시에 반대했다.

하나, 이미 카이론의 결심이 굳은 것을 확인한 맥그로우 공작은 말리는 슈바르츠 단장의 팔을 붙잡았다.

그에 슈바르츠 단장은 물러설 수밖에 없었다.

"부디 혼자가 아님을 염두에 두시길."

맥그로우 공작이 입을 열어 당부했다.

카이론은 가볍게 고개를 끄덕일 뿐이었다. 그리고 말을 몰아 굳게 닫힌 포사이스 성으로 향했다. 말을 달리지도 않았다. 그저 뚜벅뚜벅 걷게 할 뿐이었다.

지극히 한가로운 모습이었다.

"어찌 말리신 것입니까?"

"국왕 전하의 의지이기 때문입니다."

"하나……."

"이 세상에 국왕 전하를 어찌할 수 있는 사람이 있다고 생각하나요?"

"그건……."

결단코 없었다.

"전하께옵서는 분노하고 계십니다. 하나, 그 분노를 수하에게 보여주기 싫으신 것입니다. 그 분노에 의해 수하가 다칠 것을 저어해서 말입니다."

"그… 렇군요."

극한의 분노. 그 속에 혹시 저들에게 자신의 수하가 다칠까 저어하는 마음이 깃들어 있었다.

그들은 이미 인간이 아니었기 때문이었다. 얼마 되지 않는

수라 할지라도 그들의 강함은 필설로써 설명할 수 있는 한계를 넘어선 것은 틀림없었다.

그그그그궁!

그가 성문 앞에 도달하자 기다리고 있었다는 듯이 성문이 내려왔다.

뚜걱! 뚜걱!

카이론은 망설임 없이 말을 몰아 성문 위를 지나 성안으로 들어갔다.

'피 냄새……'

진하고 역하게 쏟아져 들어오는 피 냄새였다. 카이론의 시선이 움직였다. 그가 가는 곳 양옆으로 3미터가 넘는 말뚝이 일정한 간격으로 주욱 늘어서 있었다. 그리고 그 말뚝 위로 어김없이 사람이 묶여 있었다.

양손을 머리 위로 올려 못을 박고, 두 발을 포개 못을 박았다. 그리고 목에는 가시로 만든 목걸이를 채웠다. 가장 결정적인 것은 그들의 피부 역시 모두 벗겨져 있다는 것이었다.

온갖 벌레들과 파리들이 꼬였고, 이제는 비명을 지르는 것조차 힘겨운지 말뚝에 매달려 움찔거릴 뿐 전혀 미동조차 없었다.

'죽었군.'

저건 살아도 산 것이 아니었다. 이미 죽었다고 해도 과언이 아니었다. 카이론의 눈동자 깊숙한 곳에서 차가운 분노가 일렁이고 있었다. 카이론은 크게 숨을 들이쉬고 말을 몰아 앞으로 나아갔다.

포시아스 성의 성문에서 내성까지 말뚝은 계속 되었고, 마침내 내성의 광장에 도달할 수 있었다. 광장 역시 피비린내가 코를 마비시켰다.

광장의 좌우로 칠흑의 풀 플레이트 메일을 착용한 자들이 줄지어 서 있었고, 그 중앙의 높은 제단과 같은 곳에 수아레스가 앉아 있었다.

카이론이 중앙 광장에 들어서자 그들의 시선이 모두 카이론을 향했다.

"오랜만이로군."

굵직하지만 살기가 진득하게 묻어난 음성이 들려왔다. 카이론의 시선이 수아레스에게로 향했다.

"변했군."

"강해진 것이지."

"강해져?"

"느껴지지 않나? 이 강대한 힘이?"

"별로 강해 보이지 않는군."

카이론이 덤덤하게 말을 받았다. 그에 수아레스의 얼굴이 기묘하게 일그러졌다. 강함에 대한 욕망이 그의 삶의 유일한 목표요 목적이었다. 자신의 강함에 대한 욕망을 비웃는 것은 자신의 삶의 모든 것을 비웃는 것과 다르지 않았다.

"크크큭. 혹시 그거 아나?"

"……."

카이론은 답하지 않았다. 그저 그를 바라볼 뿐이었다.

"약한 것은 죄악이라는 것을."

"그래서 죄 없는 평민을 그렇게도 잔인하게 죽였던가?"

"죄악은 정화되어야 하니까."

"너 또한 정화되어야 하겠군."

카이론의 답에 아주 잠깐 카이론을 멍하게 바라보던 수아레스의 입매가 일그러졌다.

"큭. 크크. 크하하하하."

그는 고개를 치켜들고 하늘을 보며 미친 듯이 웃었다. 그러다 갑자기 웃음을 멈추고 눈에 푸른 귀화를 떠올리며 카이론을 쏘아봤다.

"넌 여전히 재수 없군."

"사람들은 가끔 이상하더군. 사실을 사실대로 말하면 화를 내고 말이야."

카이론이 이죽였다. 그런 그를 보며 수아레스가 살벌한 웃음을 떠올렸다.

"크크. 이거 놀라운 일이군. 과거의 너였다면 상상할 수조차 없는 말이로군. 이거 이거 그 옛날 나의 한마디에 가랑이를 기던 카이론 에라크루네스가 나를 똑바로 쳐다보며 말을 할 수 있다니 말이야."

"그런가? 그런데 기다리기 지루한데 언제 시작하는 건가?"

"빨리 죽고 싶은 모양이로군."

"죽어? 누가? 설마 저 허수아비들을 두고 한 말인가?"

"크큭. 허수아비? 그렇군. 그러면… 죽어라!"

크르르륵!

그에 인간의 소리가 아닌 짐승의 소리가 흘러나왔다. 좌우로 줄 서 있던 기사들이 움직이기 시작했다. 그들은 어느새 카이론을 빙 둘러 포위하고 있었다. 높은 제단 위의 수아레스는 기묘하게 웃으며 그 모습을 지켜보고 있을 뿐이었다.

무려 3백에 이르는 악몽의 기사였다. 오로지 자신의 명을 받는 자신만의 기사들이라 할 수 있었다. 놈이 과연 그러한 이들을 이겨낼 수 있을까? 기묘한 홍분의 그의 전신을 휩싸고 돌았다.

카이론은 등 뒤에 착용되어 있던 언월도를 뽑아 들었다. 그의 전신에서는 범접할 수 없는 기세가 피어오르고 있었다. 거칠 것 없이 그를 향해 걸음을 옮기던 악몽의 기사들은 그 순간 움찔거리면서 걸음을 멈췄다.

"크크큭!"

그때 조용하고 나직한 웃음소리가 들려왔고, 멈칫거리던 악몽의 기사들이 다시 걸음을 옮기기 시작했다. 카이론은 웃음소리가 흘러나오는 곳을 흘깃 바라봤다.

그곳에는 예의 수아레스가 거만하게 앉아 있었다.

카이론의 시선은 다시 자신을 포위하고 쇄도하는 악몽의 기사들에게 향했다. 그리고 나직하게 입을 열었다.

"악몽이 무엇인지 알려주마."

츄우욱!

먼저 움직인 것은 카이론이었다. 그의 두 팔에서는 나노 튜브 블레이드가 튀어나와 전면을 휩쓸고 들어갔고, 카이론은 언월도를 든 채 고속 이동을 시작했다.

콰카가각!

악몽의 기사들이 베어졌다.

그들은 그저 벤다고 해서 베어지는 이들이 아니었다. 어둠의 힘으로 강화되어 인간보다 수십 배는 강하고 질긴 피부를 가지고 있었다. 고통을 느끼지 못하기에 익스퍼트의 기사보다 더 강한 전투력을 지닐 수밖에 없었다.

팔이 잘려 나가고, 복부가 잘려 내장이 쏟아졌다. 다리가 통째로 잘려 나갔고, 심장이 관통되었다. 하나, 그들은 죽지 않았다. 재생되고 다시 살아났다. 그들은 이미 인간이 아니었기 때문이었다.

카이론은 눈살을 살짝 찌푸렸다. 하나, 그것은 순간이었다.

쿠콰가강!

거대한 폭음이 들려왔다. 이번에는 잘려 나가는 것만으로 끝나지 않았다. 카이론의 언월도에 부딪힌 악몽의 기사는 그 형체를 알아볼 수 없을 정도 잘게 부서져 허공에 흩날렸다.

"벨 수 없다면 사라지게 만들면 그뿐."

심장을 관통해도 살아나고 잘려 나가도 재생된다면 아예 재생이 안 되고 두 번 다시 살아날 수 없도록 만들면 되었다. 그리고 그 방법이 바로 모두 한 줌의 먼지로 만들어 버리는 것이었다.

하지만 악몽의 기사들은 근본적으로 두려움이나 공포라는 것을 느끼지 않는 듯했다. 그들은 동료가 죽든 말든 끊임없이 카이론을 향해 걸음을 옮겼다.

"크카카칵!"

기괴한 함성이었다. 카이론은 그 함성 속으로 파고들었다. 언월도를 들어 위에서 아래로 그어 내렸다. 악몽의 기사가 정확히 반으로 갈라졌다.

꾸물꾸물.

하지만 죽지 않았다. 꾸물거리며 둘로 갈라진 육체를 찾았다.

콰아앙!

그에 카이론은 진각을 밟았다.

퍼버버벅!

사방으로 비산하는 악몽의 기사의 육편. 육편은 비산하는 와중에도 꾸물거렸으나 이미 다시는 회복될 수 없을 정도로 박살이 나 더 이상의 재생이나 회복은 없었다.

츠흐으읏!

하지만 거기에서 끝난 것이 아니었다. 악몽의 기사들이 다가가자 그 사라진 육편이 다른 악몽의 기사들에게 흡수되기 시작했다.

"크크큭! 악몽의 기사가 왜 악몽의 기사인지 알게 될 것이다."

수아레스는 카이론의 일격 일격을 감당하지 못하고 터지고 죽어가는 악몽의 기사를 보고 있음에도 불구하고 전혀 걱정하지 않는 듯한 표정이었다. 오히려 눈을 번들거리며 붉은 혀로 입술을 축일 뿐이었다.

목이 탔다. 피를 마시고 싶었다. 하나, 아직 때가 아니었다.

쿠드드득!

카이론의 손에 의해 악몽의 기사의 목이 통째로 뜯겨 나갔다. 검은색의 핏물과 함께 검은색 연기가 치솟아 올랐다.

카이론은 전신에 청화를 피워냈다. 그 무엇이 되었든 베지 못할 것이 없으며, 태우지 못할 것이 없는 지고의 청화였다.

지금껏 단 한 번도 피워내지 않은 짙푸른 청화가 그의 전신을 뒤덮었고, 그의 무기에 시전되었다.

"끄아아아악!"

짙푸른 청화에 잘려 나간 곳은 재생되지 않았다. 고통을 느끼지 못하는 악몽의 기사였으나, 그들의 전신 혈관을 타고 어둠을 정화해 나가는 청화에 의해 목청이 터져라 커다란 비명을 지를 수밖에 없었다.

청화는 물 만난 물고기 같았다. 마치 왜 이제야 자신을 불러냈냐는 듯이 맹렬하게 타올랐다. 청화는 마치 살아 있는 생명체와 같이 한 명의 절망의 기사를 모두 태워내고 다른 절망의 기사를 향해 쇄도해 들어갔다.

마나 스스로가 어둠의 힘에 대적하고 있는 것이었다. 그에 카이론의 신형 역시 더욱더 빠르게 치달리고 있었다. 적이 수백이라고는 하지만 자신에게는 전혀 문제가 되지 않았다. 날카로운 손톱이 카이론의 등을 할퀴고 지나갔다.

카라라랑!

하나, 푸른색 불꽃이 일어났을 뿐 어떤 상해도 입힐 수 없었다. 카이론은 가볍게 언월도를 휘둘러 악몽의 기사의 목을 베어버렸고, 그 탄력으로 전면에서 자신에게 쇄도하는 악몽의 기사의 복부를 갈랐다.

하나, 복부가 꿰뚫린 기사는 기괴한 소리를 내며 카이론의 언월도를 붙잡았다. 그리고 꿰뚫린 부분이 꾸물거리며 카이론의 언월도를 묶기 시작했다.

치이이익! 치익!

짙푸른 청화와 재생되는 근육 사이에서 끈질긴 싸움이 일어나고 있었다. 하나, 기사는 결코 물러서지 않았다. 그로써 카이론의 언월도가 봉쇄된 것이었다.

"크하하하학!"

절망의 기사가 웃었다. 그런 절망의 기사를 바라보는 카이론. 그 순간 절망의 기사의 전신이 부풀어 오르기 시작했다. 마치 터지기 일보 직전의 풍선처럼 말이다.

쩌저적! 쩌억!

흑색의 풀 플레이트 메일이 갈라지기 시작했다. 그 사이로 검은색 연기가 뭉클거리며 쏟아져 나왔으며 마치 카이론을 잡아먹을 듯 날름거리며 카이론을 감쌌다. 그러다 갈라진 틈에서 어둠보다 더 어두운 빛이 토해져 나왔다.

콰카가각!

폭발했다. 어둠의 빛이 카이론을 덮쳐 들었다. 하나, 어둠이 다시 깨지기 시작했고, 그 속에서 짙푸른 청화가 터져 나오며 어둠을 집어삼켰다.

쓰화아악!

어둠이 사라졌다. 그에 위협을 느낀 수많은 악몽의 기사가 몸을 던져 카이론을 덮었다. 이윽고 악몽의 기사로 이루어진 거대한 무덤이 만들어졌다.

카이론은 그대로 그 무게와 어둠에 의해 잠식되어 버릴 것 같았다.

하나,

움찔. 움찔.

단단하게 카이론의 위를 덮친 악몽의 기사들이 움직였다. 절대 움직이지 않을 것 같은 그들이 움찔거리더니 서서히 빛이 새어 나오기 시작했다. 눈이 부실 정도로 밝은 빛이 말이다.

"우와아아악!"

그리고 거대한 비명이 터져 나왔다.

파바바바방!

"쿠와아악!"

"끄아아악!"

악몽의 기사들이 훌훌 날아올랐다. 하나, 단순히 날아오르기만 한 것은 아니었다. 날아오르며 그들은 서서히 녹아내리고 있었다. 카이론이 있던 곳에는 족히 반경 5미터는 됨직한 거대한 구덩이가 파여 있었다.

그리고 카이론은 그 중심에서 오연히 서 있었다.

"언제까지 숨어 있을 텐가? 힘을 얻었다고 하더니 겁쟁이가 된 것인가?"

카이론은 수아레스를 도발했다. 그리고 그 도발은 제대로 먹혔다.

"네놈이 감히!"

높은 단상에서 이 모든 것을 지켜보고 있던 수아레스가 런카를 휘두르며 카이론을 향해 날아올랐다. 상당한 거리였음에도 불구하고 그는 카이론이 있는 곳으로 정확하게 떨어져 내리고 있었다.

그의 런카에는 칙칙하고 기분 나쁜 오러 블레이드가 시전되어 있었다. 세상의 모든 것을 어둠으로 물들일 것 같았다.

쉬아아악! 콰아아앙!

거대한 폭음이 터졌고, 짙푸른 청색의 광망과 어둠의 빛이 터지며 주변은 거대한 회오리가 일어났다. 땅이 들썩였고, 거대한 바위는 가루가 되어 사방으로 흩날렸다. 아직 살아 있던 악몽의 기사 중 몇 명이 그 잔인한 폭풍에 휘말려 갈갈이 찢어지고 있었다.

투후웅!

수아레스가 쇄도하던 때보다 더 빠르게 튕겨 나갔다. 그리고 또 하나의 빛이 튕겨 나가는 수아레스를 쫓았다.

콰직!

푸른 구체가 수아레스의 복부를 강타했다.

"큭!"

수아레스가 급하게 회피했지만 완벽하게 피하지 못해 옆구리에 그대로 직격당했다. 그의 입에서 검은색 핏물이 뿜어져 나옴과 동시에 짧고 억눌린 신음이 흘러나왔다.

하지만 그것은 시작에 불과했다. 절대 편안한 죽음은 선사할 수 없다는 듯 카이론은 언월도를 등 뒤로 돌리고 두 주먹으로 수아레스의 전신을 구타하기 시작했다. 언뜻 보기론 그들의 부딪침은 단 한 번일 뿐이었다.

하나, 그 둘은 실제 수십 번의 부딪침을 가졌고, 그 결과가 지금과 같았다. 일 검 일 검에 전력을 담았다.

하나, 아무리 수아레스가 어둠의 힘을 얻어 소드 마스터에 올랐다 하더라도 근본적으로 그랜드 마스터에 오른 카이론과는 차이가 날 수밖에 없었다.

마나 운용 면에서나 수많은 전투 경험에서나 엄청난 격차가 존재했고 결정적으로 카이론에게는 어둠의 마나와 가장 상극을 이루는 블루 플라워가 있었다. 어찌 보면 어떤 방식이 되었든 수아레스가 카이론을 이길 방법은 없었다.

수아레스는 자신이 강해진 것만 생각했다. 카이론이 강하다는 것을 알았지만 이미 욕망이 모든 것을 집어삼킨 상태에서 객관적으로 카이론의 무력에 대해 직관할 이성이 남아 있지 않았다.

콰앙! 콰아앙!

카이론의 주먹이 쉴 새 없이 움직였다.

"이것은 너의 손에 죽어간 이들의 응징이다."

빠각!

카이론은 수아레스의 어깨를 마치 장난감처럼 역으로 비틀어 버렸다.

"끄윽! 주, 죽인다!"

하나, 수아레스의 기세는 꺾이지 않았다.

"그래. 그래야지. 그래야 나의 응어리진 마음을 풀 수 있지."

쫘아아악!

"끄아아악!"

카이론은 비튼 어깨를 그대로 잡아 뜯어버렸다. 지금까지 보아왔던 폐허가 된 마을에 죽어 있는 시체처럼 말이다. 그에 수아레스는 목청이 터져라 커다란 비명을 질렀다.

"겨우 이 정도로 비명을 질러?"

카이론은 수아레스를 봐줄 생각이 없었다. 머리를 잡더니 그대로 대리석 조각상에 들이박아 버렸다.

콰앙!

돌이 부서지며 푸석한 가루가 사방으로 날렸다. 그의 얼굴은 돌가루와 검은색의 핏물로 인해 순식간에 범벅이 되어버렸다.

츠흐으웃!

하나, 이내 회복되고 있었다. 실제로 보지 않고는 믿을 수 없을 정도의 빠른 재생력이라 할 수 있었다. 그런 수아레스의 얼굴을 바라보던 카이론이 말했다.

"이것이 네가 말한 강함이더냐?"

"개 같은 소리!"

카이론의 질문에 수아레스는 뜯겨 나가지 않은 다른 쪽 팔꿈치를 카이론을 향해 휘둘렀다. 인간이라면 절대 가능하지 않을 정도의 각도로 팔이 휘면서 카이론을 가격해 들어갔다. 하나, 그마저도 카이론의 손아귀에 잡혔다.

꽈직!

"끄윽!"

카이론은 수아레스의 손을 잡은 그대로 자신의 손아귀에 힘을 줬다. 그에 무언가 부서지는 듯한 소리가 났고, 수아레스의 손이 축 처졌다.

우드득!

카이론이 다시 수아레스의 팔을 역으로 꺾어버렸다.

"끄윽! 주, 죽인다아~"

시퍼런 광망을 토해내며 미친 듯이 외치는 수아레스였다. 카이론은 그런 그를 마치 쓰레기 버리듯 던져 버렸다. 수아레스는 구겨진 종이장처럼 구르고 굴러 대리석으로 만들어진 벽 구석에 그대로 처박혔다.

"끄으아아악!"

그의 뜯어진 팔이 재생되고 있었다. 가루가 된 뼈가 자라났고, 역으로 꺾인 팔이 원상회복되었다. 수아레스가 비릿하게 웃었다. 이 정도쯤은 자신에게 아무것도 아니라는 듯이 말이다. 그때.

콰앙!

카이론의 주먹이 수아레스의 얼굴에 작렬했다. 마치 뼈가 함몰되는 것 같았다. 카이론은 쉬지 않았다. 무릎으로 복부를 가격하고 팔꿈치로 등뼈를 부쉈으며, 목을 틀어버렸다. 그러함에도 수아레스는 회복하고 재생하기를 반복했다.

카이론은 지치지 않았다. 회복되면 다시 망가뜨리고 재생되면 다시 뜯어버렸다.

"고작 이것이더냐? 이것을 얻자고 그 무고한 이들을 모두 죽였더냐?"

카이론은 차갑게 분노하고 있었다. 그 차가운 분노는 그를 더욱더 잔인하게 만들고 있었다. 때문에 그는 치가 떨릴 정도로 잔인하게 수아레스를 다루고 있었다.

콰아앙!

털썩!

수아레스가 끈 떨어진 연처럼 훌훌 날아올랐다. 그러고는 대리석 바닥에 떨어졌고, 그가 떨어진 중심으로 대리석이 거미줄처럼 갈라졌다. 수아레스는 간헐적으로 손과 발을 가늘게 떨 뿐 미동조차 하지 않았다.

그런 수아레스를 보며 카이론이 입을 열었다.

"영악하군. 죽지 않았다는 것을 안다. 일어서라."

하지만 여전히 미동조차 하지 않는 수아레스.

스르르릉!

카이론이 언월도를 뽑아 들었다.

"지금 죽기를 원하다면 죽여주지."

"큭!"

그때 참을 수 없다는 듯 수아레스가 웃음을 터뜨렸다.

부스스!

"알고… 있었나?"

"모를 것이라 생각했나?"

"끄응!"

되살아나고 있었다. 하나, 제대로 된 모습은 아니었다. 처음 잘라진 부분은 지체 없이 회복되고 재생되었다. 하나, 지금 카이론에 의해 맞은 자리의 시퍼런 멍은 재생되지 않고 있었다. 한계를 넘어선 충격에 재생력이 제대로 작동하지 않은 것이었다.

그것을 증명이라도 하듯이 힘겹게 몸을 일으켜 세운 수아레스는 박살 난 두 다리를 질질 끌고 가 벽에 몸을 기대었다.

"후욱! 후욱! 왜 안… 죽이지?"

"지금 죽이면 너무 쉬우니까."

"큭! 지금 죽이지 않으면 기회는 없을 것이다."

"네까짓 놈의 목을 비트는 것은 닭의 목을 비트는 것보다 쉽다는 것을 모르나 보군."

"큭큭! 과연 그럴까?"

그 말과 함께 수아레스의 손이 들렸다. 그리고 손가락을 까딱하자 지금까지 둘의 전투를 우두커니 지켜보고 있던 악몽의 기사들이 움직였다. 그들은 득달같이 카이론을 향해 쇄도했다. 하나, 카이론은 여전히 여유로웠다.

쩌저저적!

카이론과 일정 간격에 도달한 악몽의 기사들의 풀 플레이트 메일이 갈라지면 칠흑의 빛이 흘러나왔다.

그리고

파아아앙!

터졌다.

거대한 폭발이 일어났다. 비단 한 명만이 아니었다. 살아남아 카이론에게 쇄도한 모든 악몽의 기사가 자폭을 시도했다. 연쇄적으로 일어나는 폭발이 카이론을 집어삼켰다.

그 모습을 지켜보며 수아레스는 키득거리며 웃었다.

어둠의 폭발 속에 사라지지 않은 어둠의 잔재들이 수아레스에게 흡수되었다. 그러면서 재생되지 않고 회복되지 않았던 수아레스의 신체가 다시 재구성되기 시작했다.

"큭큭! 죽어라! 모두 죽어라! 크카카캇!"

그는 어느새 모든 신체가 복구되었고, 힘겹게 기대고 있던 신형을 일으켜 세워 하늘을 향해 두 팔을 버리며 광소를 흘려내고 있었다.

그리고 그의 신체는 조금 더 변형되기 시작했다. 조금 더 커지고, 눈동자는 붉다 못해 검게 물들었다.

이마에서는 뿔이 돋아나기 시작했고, 이빨은 육식 몬스터의 그것처럼 날카롭게 변해갔으며 손톱은 길게 자라나고, 흑색의 풀 플레이트는 마치 종이장처럼 찢겨 나가 바닥에 떨어졌다. 그리고 풀 플레이트 메일로 감싸고 있던 그의 몸에서는 수북한 털까지 솟아나기 시작했다.

콰아아앙! 버번쩍!

그가 변신하는 동안 폭음이 들려오며 청색과 백색의 빛이 터져 나오며 어둠을 박살 내고 사방을 밝게 비췄다.

카이론을 향해 쇄도하던 절망의 기사들은 날아오르는 그대로 녹아내렸고, 터졌고, 가루가 되어 바람에 흩날렸다.

휘오오옹!

아무것도 없었다. 모든 것이 깔끔하게 사라졌다. 그곳에는 오직 카이론과 괴물이 되어버린 수아레스만 남아 있을 뿐이었다.

"크르르르."

수아레스의 첫 울음이었다.

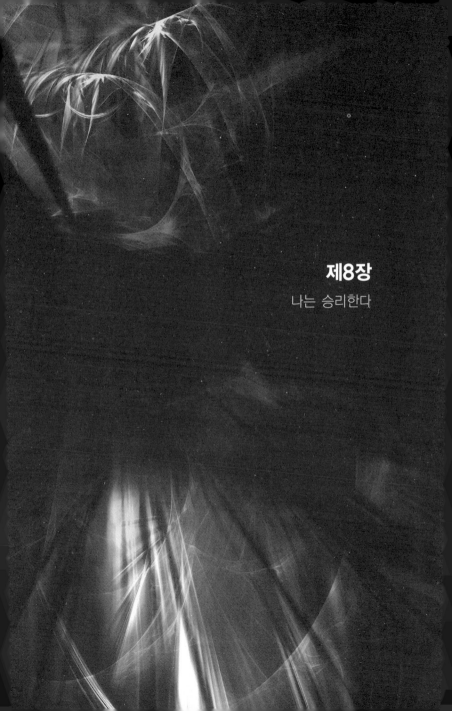

# 제8장

나는 승리한다

*Warrior*

약간이나마 남아 있던 이성마저 잠식해 들어간 것이 분명했다. 그의 모습은 이미 인간이라고 볼 수 없을 정도로 변했다. 탐욕과 욕망에 의해 어둠의 힘에 잠식된 한 마리의 몬스터일 뿐이었다.

"한결 부담이 덜어지는군."

인간으로서 끝도 없는 적대감에 의해 갈라섰으나 인간을 죽이는 것과 이지를 상실한 몬스터를 죽이는 것은 천양지차라 할 수 있었다. 지금의 수아레스는 인간이 아닌 몬스터였다.

"크와아앙!"

수아레스가 힘에 도취되어 울부짖었다. 그 고양감을 잃기 싫었던지 무서운 속도로 카이론을 향해 쇄도했다. 카이론도 지지 않았다. 수아레스를 향해 두 개의 나노 튜브 블레이드를 날렸고, 어느새 언월도를 뽑아 들어 바닥을 긁어내고 있었다.

카라라랑!

"쿠화앙!"

수아레스는 길게 자라난 손톱으로 카이론을 갈기갈기 찢어낼 듯 휘둘렀다. 카이론의 언월도와 손톱이 부딪치며 불똥이 튀었다.

스가가각!

"쿠와아앙!"

카이론이 먼저 날린 언월도가 수아레스의 등을 할퀴고 지나갔다. 하나, 상상조차 할 수 없을 정도로 빠르게 재생되어 버렸다. 또한, 수북한 털 때문에 가죽에 상처를 입히기조차 어려웠다.

하나, 수아레스는 자신이 일격을 허용했다는 데에 분노하는 것 같았다. 도저히 있을 수 없다는 듯이 말이다.

콰아아앙!

둘은 급격하게 부딪치고 튕기듯 갈라졌다.

"크르르르."

나직하게 으르렁거리는 수아레스의 모습을 노려보며 카이론이 말했다.

"이제 끝내자."

카이론의 말을 알아들었을까? 수아레스의 기세가 급격하게 변하기 시작했다. 인성은 잃었지만 몬스터로서의 생존에 대한 본능은 남아 있었던 것이다. 카이론의 기세가 바뀌는 것을 느꼈을 것이고, 그 기세가 자신의 한계를 넘어선다는 것도 느꼈을 것이다.

생존 본능에 의해서 말이다. 하지만 느꼈다고 해서 모두 막아낼 수 있는 것은 아니었다. 카이론이 언월도를 서서히 들어 올렸다. 너무 느려 저런 느린 동작으로 공격을 어떻게 할 수 있을지 의문이 들 정도였다.

하지만 당하는 수아레스는 달랐다. 옴짝달싹할 수 없었다. 이전에 가지지 못했던 무지막지한 힘으로 자신을 옭아매는 모든 것을 단숨에 박살내려 했다. 하나, 그러면 그럴수록, 몸부림치면 몸부림칠수록 옭아매는 힘은 강해졌고, 종내에는 전신의 뼈가 부러지는 듯한 소리가 들렸다.

뿌드득! 퍼벅! 픽!

뼈가 부러져 나갔다. 근육이 터지고 그 대단한 압력에 핏물이 퍼지지 못하고 진득하게 흘러내리고 있었다.

"끄어어어엉!"

수아레스는 이 상황을 벗어나기 위해 안간힘을 쓰느라 전신이 붉어지기 시작했다. 그러는 도중에 카이론의 언월도가 카이론의 어깨와 수평으로 유지되었다.

그리고

파아아앙!

공간이 찢어지는 듯한 소리가 들려오며 언월도의 끝에서 거대한 폭발이 일어났다. 그 빛의 폭발은 일직선으로 수아레스를 향했다. 수아레스는 늘어뜨린 손을 들어 올렸다. 하나, 팔은 움직이지 않았다.

오히려 너무나도 과중한 힘에 의해 뼈가 부서지고 근육이 찢어지며 핏물이 흘러내릴 뿐이었다. 수아레스가 안간힘을 쓰는 그 순간 하나의 빛줄기가 수아레스의 미간을 관통했다. 그와 동시에 허공에서 유영하던 두 자루의 나노 튜브 블레이드가 수아레스의 심장과 목을 스치고 지나갔다.

그것으로 끝이었다. 카이론도 움직이지 않았고 수아레스도 움직이지 않았다.

주르르륵!

검은색 핏물이 흘러내렸다.

스스스슥!

거대해진 신장이 줄어들고 전신을 뒤덮었던 털이 사라졌다. 기괴하게 변했던 모습이 다시 인간의 모습으로 돌아왔다.

그가 인간의 모습으로 돌아온 순간 그의 이마에서 흘러내리던 핏물은 검붉은색으로 변했으며, 그 이마의 구멍 속에서 검은색의 연기가 피어오르더니 허공을 배회한 후 아득한 하늘로 사라져 버렸다.

투둑!

수아레스가 무릎을 꿇었다. 그의 입은 무언가를 말을 하기 위해 연신 벙긋거렸지만 그것이 단어가 되어 입 밖으로 전해지지는 못했다.

털썩!

수아레스는 그대로 앞으로 엎어졌다.

죽은 것이다.

카이론이 그런 수아레스를 무표정하게 바라보았다. 그의 얼굴은 결코 기쁜 표정이 아니었다. 그렇다고 죄책감이 가득한 표정도 아니었다. 완벽한 무표정이었다. 잠시 수아레스를 바라보던 카이론은 고개를 들어 검은색 연기가 사라진 하늘을 바라봤다.

"다음은 아버지, 당신입니다."

＊　　　＊　　　＊

"크흐윽!"

집무실에서 업무를 보고 있던 에라크루네스 백작의 입에서 신음성이 토해져 나왔고, 급기야는 입에서 뭉텅이로 피를 토해냈다. 그런데 그 피라는 것이 보기에도 검고 탁한 것이 인간의 피가 아니라는 것을 알 수 있었다.

"끄으으윽!"

그는 피를 토한 후 머리와 심장에 두 손을 가져다 대고 괴로워했다. 그러기를 한참. 무릎을 꿇고 바닥에 엎드려 헐떡이더니 두 주먹을 불끈 쥐었다.

그가 서서히 일어서며 입가에 흘러내린 검은 피를 닦아내더니 나직하게 으르렁거렸다.

"수아레스가 당한 것인가?"

까득!

이를 가는 에라크루네스 백작의 집무실 한쪽을 온통 차지하고 있던 거대한 창문에서 검은색 연기가 스르르 들어오더니 그의 정수리로 스며들기 시작했다.

그 검은색 연기는 끊이지 않고 정수리로 흡수되었으며, 에라크루네스 백작은 눈을 잘게 떨며 온통 검은색의 동공만 보였다. 그렇게 한참의 시간이 흐른 뒤 마침내 그가 긴 한숨을 내쉬었다.

"후우~"

그는 가볍게 손을 쥐었다 폈다를 반복해 보고 목을 돌렸다.

우득. 우드드득!

목뼈가 부러지는 것 같은 소리가 들려왔다. 하나, 그는 마치 막혀 있던 무언가가 뚫렸다는 듯이 만족스러운 웃음 떠올리고 있었다.

"생각보다 괜찮군. 조금 이르다고 생각 되지만 어쨌든 상관없지."

그러면서 가볍게 검을 뽑아 들어 마나를 불어넣었다. 칠흑의 오러 블레이드가 그의 검에 어렸다. 방금 전까지 그는 익스퍼트 최상급의 수준이었다. 그런데 한순간에 마스터에 올랐다. 에라크루네스 백작은 만족한 웃음을 떠올렸다.

그러다 오러 블레이드를 검에서 떼어내 검은색으로 반질거리는 환을 만들어냈다. 하지만 약간은 힘에 부친 듯 오래 유지하지는 못했다. 오러 서클릿. 그것은 바로 그가 그랜드 마스터에 올랐다는 것을 의미하고 있었다.

단 한순간에 최상급에서 그랜드 마스터가 된 것이었다. 하지만 아직은 불완전한 그랜드 마스터라 할 것이다. 적어도 완벽한 그랜드 마스터가 되기 위해서는 오러 서클릿을 10분 이상 유지할 수 있어야 하기 때문이었다.

한데, 지금의 에라크루네스 백작은 오러 서클릿을 겨우 1분도 채 유지하지 못했다. 오러 서클릿은 1분도 채 안 되어 다시 온전한 검의 모습으로 그 형태를 바꾸었다.

"아직… 이 정도로는 어렵다는 것인가?"

뭔가 마음에 들지 않는다는 듯한 그의 표정이었다. 그러고 는 이내 몇 번 검을 휘둘러 보았다.

스가가각! 서걱!

그의 집무실에 놓여 있던 가구에 그의 오러 블레이드가 닿 지도 않았음에도 불구하고 미세한 균열을 일으키며 잘려 나 가고 있었다. 하지만 에라크루네스 백작은 그런 것에는 전혀 신경 쓰지 않는 듯 한참 동안 검을 휘둘렀다.

휘오오옹!

그리고 마침내 그가 검을 거둬들였을 때 그의 집무실에 온 전하게 형태를 유지하고 있는 가구는 전무했다. 그는 잠시 방 안을 휘둘러보았다. 뭔가 탐탁지는 않지만 그럭저럭 만족한 다는 표정이었다.

"나름… 괜찮군."

그는 검을 수납했다. 난장판이 된 집무실은 관심 밖이라는 듯이 말이다. 그러고는 옷걸이에 걸린 망토를 두르고 집무실 을 나서 자신의 전용 침실로 향했다.

그는 자신의 침실에 도착하자마자 벽난로의 어느 한 부분 을 눌렀다.

그그그극!

그에 돌이 갈리는 것 같은 소리가 들려오며 벽난로가 움직였다. 그 벽난로 너머에는 또 다른 공간이 존재했다. 에라크 루네스 백작은 전혀 거리낌 없이 벽난로 너머로 걸음을 옮겼고, 그가 온전히 그 너머의 공간에 다다르자 벽난로는 원래의 모습으로 돌아오고 있었다.

그그그극! 쿠웅!

불이 밝혀졌다. 그는 능숙하게 하나의 원탁 앞으로 다가섰고, 원탁 위에 놓여 있는 초록색 구슬에 마나를 불어넣었다. 그에 초록색 구슬은 기괴한 음향을 터뜨리며 허공에 하나의 영상을 맺었다.

[오랜만이군.]

"그런 셈이로군."

영상에 나타난 이는 바로 마샬 후작이었다.

[그래. 이렇게 갑자기 연락을 한 것을 보면 어느 정도 마음을 굳힌 것 같은데 말이지.]

마샬 후작의 말에 그가 고개를 미미하게 끄덕였다.

"제안을 수락하지."

[좋군.]

"단, 나는 당신의 수하가 아니라는 것을 명심해야 할 것이야."

[큭! 그 말은 나를 뛰어넘었다는 말인가?]

"보고 싶은가?"

[확실히 하는 것이 좋지 않겠나?]

마샬 후작의 말에 에라크루네스 백작은 자신의 검을 빼 들고 마나를 불어넣었다. 거의 3미터에 달하는 거대한 오러 블레이드가 불쑥 솟아났다. 하지만 거기에서 그친 것은 아니었다. 그 오러 블레이드는 이내 검은색 환을 이뤘고, 한 개가 두 개가 되고, 두 개가 네 개로 분화되었다.

하나, 에라크루네스 백작은 자신의 모든 것을 보여주기 싫다는 듯이 이내 마나를 회수해 마나 서클릿을 무효화시켰다. 그것을 지켜보는 마샬 후작은 눈이 찢어질 듯 커질 수밖에 없었다.

자신이 알고 있는 한 본국의 브라운 후작조차 마스터의 수준일 뿐이었다. 그런데, 아무리 어둠의 힘을 받아들였다고는 하나 그가 이렇게 빠른 시일 내에 그랜드 마스터의 반열에 오를 줄은 몰랐다.

'그렇군. 어쩐지 자꾸 나의 통제를 벗어난다고 했더니 마스터를 넘어섰군.'

그제야 마샬 후작은 그동안 에라크루네스 백작이 어떻게 자신의 통제를 벗어났는지 알 수 있었다. 마스터가 되기 이전까지 그 누가 되었든 자신에게서 빠져나간 어둠의 힘은 자신의 통제를 받을 수밖에 없었다.

그런데 어느 순간 에라크루네스 백작이 자신의 통제를 벗어나게 되었고, 정신감응조차 제대로 이루어지지 않게 되었다. 그 연유를 알 수 없었는데 오늘 보니 확연하게 알 수 있었다. 그가 자신보다 더 높은 경지에 도달한 것이었다.

그러하니 자신의 통제를 벗어나는 것이 당연한 것이었다. 마샬 후작은 내심 그의 출현을 환영했다. 물론, 자신의 통제를 벗어났다는 것이 마음에 걸리기는 했지만 적어도 의식을 공유할 수 있게 되었으니까 말이다.

[인정할 수밖에 없겠군.]

"크흐흐흐."

마샬 후작의 말에 에라크루네스 백작은 나직한 웃음을 흘렸다. 마샬 후작은 그런 그를 보며 살짝 걱정이 되기는 했지만 그 시기가 당겨졌을 뿐 예상하지 못한 것은 아니었다.

[그래서 말인데…….]

마샬 후작은 자신의 속내를 숨기고 조심스럽게 입을 열었다.

"하고자 하는 말이 있나?"

[카테인 왕국을 넘겨주지.]

마샬 후작의 발언에 에라크루네스 백작이 눈을 크게 떴다. 정신이 공유되니 그가 어떤 목적을 가지고 있는지 모를 리 없었다. 그의 궁극적인 목적이 바로 카테인 왕국이라는 것을 말이다. 그러다 무슨 생각을 한 것인지 다시 입을 열었다.

"… 총독인가?"

[그것이 지금으로써는 최선이지.]

마샬 후작의 말에 에라크루네스 백작은 살짝 인상을 찌푸렸다.

총독과 왕은 다르다. 총독은 자신의 머리 위에 한 명의 존재를 두어야만 했다. 이미 자신의 무력에 자신감을 가진 그의 마음에 찰 리가 없었다.

하지만 한 손으로 열 손을 막을 수는 없는 법. 저들을 대적하기에는 아직 자신의 힘이 모자람을 인정하지 않을 수 없었다.

'크큭. 약속이라는 것인가? 하나, 약속이 대체 무슨 소용이지?'

결국 목표를 달성하기 전까지의 약속이고 연합인 것이었다. 그는 결코 총독으로 자신의 모든 것을 끝내고 싶지는 않았다. 하지만 그런 생각은 마샬 후작 역시 다르지 않았다.

'훗! 받아들이지 않을 수 없을 것이다. 소도 비빌 언덕이 있어야 하는 법. 너에게 있어 비빌 언덕이란 바로 나일 것이니 말이야.'

한 가지의 제안을 두고 두 가지의 생각이 교차하고 있었다. 서로의 목적을 위해 그 둘은 자신의 시커먼 속내를 감추고 웃는 얼굴을 한 가면을 쓰고 있었다.

"그렇겠군."

[훌륭한 판단이야.]

에라크루네스 백작의 말에 만족한 듯 설핏 안도의 웃음을 떠올린 마샬 후작의 답이었다.

"이제… 내가 해야 할 일은?"

[힘을 하나로 모아야 하지 않을까?]

"그 말은?"

[…….]

그의 물음에 잔잔한 웃음을 지어보이는 마샬 후작이었다. 백작이 몰라서 물어본 것은 아니었다. 생각보다 그 시기가 빨랐기 때문일 것이었다. 물론, 그 중심에는 자신이 있을 것이지만 말이다.

에라크루네스 백작은 고개를 끄덕였다. 지금은 숙여야 할 때였다.

최대한 상대의 기분을 맞춰줘야 할 때다. 자신을 단순하게 보일 필요가 있었다.

"전체적으로 진행되는 것인가?"

[아마도…….]

"하나가 되겠군."

[그렇게 되면 백작이 총사령관이 되겠지.]

"그런가? 고마운 일이로군."

[하면, 언제쯤 일을 진행할 텐가?]

"지원은 없나?"

[큭! 백작 정도의 실력이라면 결코 지원이 필요치 않을 텐데?]

"만에 하나라는 것이 있지."

[그런가? 아쉽지만 지원은 힘들 것 같군.]

"그렇군."

담담하게 말을 주고받는 둘.

"일주일 후. 새로운 귀족군이 내 휘하로 들것이다."

[좋군. 그럼 그때를 기다리지.]

마샬 후작의 말에 에라크루네스 백작은 수정구에 마나를 끊었다. 마샬 후작의 영상이 이지러지더니 이내 형체도 없이 사라졌다. 그는 잠시 통신 수정구를 바라보더니 이내 나직하게 입을 열었다.

"지금은 기뻐하거라. 하나, 그 기쁨은 그리 오래가지 않을 것이다."

그의 입에는 진득한 살소가 떠올랐다. 그는 이 밀실을 벗어나지 않고, 의자에 앉아 손가락으로 탁자를 탁탁 내려쳤다.

"흠. 삼왕자와 르위스 공작 그리고 힐데만 백작을 반드시 죽여야만 하는데… 손이 모자라는군."

자신은 힐데만 백작을 제거해야만 했다. 셋 중 가장 무력이 뛰어난 자이니까. 하지만 그 중요도를 따지자면 삼왕자와 르위스 공작 모두가 중요했다. 그 셋을 모두 자신이 처리해야만 한다. 그래야 귀족파의 모든 것을 고스란히 자신의 휘하에 둘 수 있으니 말이다.

"안 되면 되게 해야지."

흩어져 있으면 한데 모으면 된다. 맹독을 지닌 뱀이라 할지라도 머리가 없으면 아무 소용없다. 꿈틀거리기는 하겠지만 그것으로 끝인 것이다.

"적당하게 작전 회의 정도면 되겠군."

계획이 섰다. 그리 거창한 계획을 세울 필요도 없었다. 지지부진한 전투에 답답함을 느낀 상당수의 귀족들이 자신에게 돌아선 상황이니 세력 면에서 약간 밀리기는 했지만 그 정도는 자신이 대체할 수 있었다.

문제라면 그들을 한데 모으는 데 있었다. 뿔뿔이 흩어진 그들을 제거하기란 쉽지 않은 상황이니까 말이다. 그리고 그들을 한데 모으는 것도 역시 어렵지 않을 것이다. 욱일승천하는 남부군의 상황을 안건으로 하면 득달같이 모여들 터이니 말이다.

\*　　　\*　　　\*

콰아아앙~

"크흐읍!"

한 명의 사내가 피를 뿜어내며 튕겨 나갔다. 그 사내의 짙 푸른 풀 플레이트 메일은 여기저기 찌그러져 있었고, 몇 군데 는 살이 훤히 보일 정도로 쩍 벌어져 있었다.

퍼걱! 우수수수!

풀 플레이트 메일을 입은 자가 벽에 부딪히자 벽면은 그 힘 을 이기지 못해 거미줄처럼 쩍쩍 갈라졌고, 사내는 비틀거리 면서 중심을 잡으려 애썼다.

"도대체 왜?"

벽에 부딪힌 충격에 입가로 연신 피를 흘려내는 사내는 바 로 귀족파의 검이라 불렸었던 힐데만 백작이었다. 그는 도저 히 이해할 수 없다는 듯한 표정이었다. 그리고 그의 앞에서 한 명의 칠흑의 풀 플레이트 메일을 입은 자가 걸어왔다.

바로 에라크루네스 백작이었다. 그는 무심하게 힐데만 백 작을 바라봤다. 그리고 조용하게 입을 열었다.

"권력을 탐하는 데 '왜'라는 말이 있을 수 있을까요?"

브라이언 힐데만 백작. 그는 에라크루네스 백작의 장인이 었다. 하지만 지금 이 순간 그는 에라크루네스 백작의 정적일 뿐이었다. 반드시 제거되어야 할 그런 존재 말이다.

물론, 회유할 수도 있을 것이다. 하나, 에라크루네스 백작은 회유를 포기했다. 쉬운 길이 있는데 굳이 어려운 길을 갈 필요가 없었다. 가장 확실한 방법이고 후환이 없는 길이니까 말이다.

　"너는 이미 권력의 정점이지 않은가?"

　"권력의 정점? 하아~ 권력의 정점이란 내 머리 위에 아무도 없는 것을 말함이지요."

　부들.

　그의 말에 힐데만 백작은 전신을 떨었다. 그런 힐데만 백작을 바라보며 에라크루네스 백작은 희게 웃었다.

　"장인어른께서 저에게 그런 말을 할 입장은 아닌 듯하군요. 권력을 위해 딸을 이용하고, 외손자를 위해 그 아비를 죽음으로 인도한 당사자인 것을 보면 말이지요."

　"하나……."

　"아! 더 이상은 시간을 줄 수 없군요. 물론 장인어른이 완벽하게 회복된다고 해도 저를 어찌할 수 없을 것이나 굳이 쉬운 길을 어렵게 갈 필요성은 느끼지 못해서 말이지요."

　"이노오옴!"

　그에 힐데만 백작은 기어코 노성을 터뜨릴 수밖에 없었다. 그는 전력을 다해 오러 얀을 시전 했고, 오러 얀은 오러 웨이브만큼이나 진하게 모습을 드러냈다. 그런 힐데만 백작을 바라보며 에라크루네스 백작은 살기 어린 미소를 떠올렸다.

"능구렁이 같은 영감탱이 같으니. 전력을 다하지 않았군."

"그 누가 대련에 자신의 전력을 다한다고 하더냐."

"그렇긴 해. 나 역시 전력을 다하지 않았으니."

"뭐?"

콰아아악!

그의 검에서 오러 블레이드가 시전되었다. 그를 향해 쇄도하던 힐데만 백작의 눈이 부릅떠졌다. 그런 그를 보며 냉소를 지은 그가 힐데만 백작의 신형을 그대로 관통하듯 지나갔다.

"크윽!"

태에엥!

힐데만 백작이 가슴을 움켜쥐며 들고 있던 검을 놓쳤다.

털썩!

그리고는 그대로 무릎을 꿇었다.

"외손자와 오순도순 잘 살아봐."

에라크루네스 백작의 말에 힐데만 백작은 부들부들 떨면서 그를 쏘아보았다.

"네, 네놈이……."

"아비를 죽이려 한 놈이야. 살려둘 필요는 없지."

"그 모든 것이 네놈의 의도였다는 말이더냐……."

"조금 더 오래 살았으면 좋았겠지만 뭐 어쩔 수 없지. 카이론이 원체 강해서 말이야. 이제는 나보다 약하겠지만 말이지."

"네, 네놈을… 꺼억!'

힐데만 백작은 더 이상의 말을 잇지 못했다. 그것이 분통했는지 그는 눈조차 감지 못하고 있었다. 그의 입에서는 진득한 검붉은 핏물이 흘러나와 대리석으로 만들어진 바닥을 적시고 있었다.

그런 힐데만 백작의 피를 바라보던 에라크루네스 백작은 입맛을 다셨다. 하지만 결코 수아레스처럼 그 욕망을 참지 못하고 심장을 씹어 먹는 만행은 저지르지 않았다. 어둠의 힘에 잠식되었다고는 하지만 이미 어느 정도 스스로의 자의식을 가지고 있기 때문이었다.

"본관으로 향한다."

그에 몇 명의 흑의 풀 플레이트 메일을 착용한 기사들이 호위하듯 그를 따라 나섰다. 그가 지나가는 곳에는 시체가 즐비했다. 비정상적으로 사지가 찢어진 채였다.

결코 일반적으로 죽은 시체가 아님은 분명했다. 이런 광경을 처음으로 목도한 몇몇 귀족은 손수건을 꺼내 입을 막고 헛구역질을 하기 바빴다. 하나, 그는 이런 것은 익숙하다는 듯이 무표정하게 걸음을 옮기고 있었다.

그에 헛구역질을 하던 귀족들도 빠르게 그의 뒤를 따를 수밖에 없었다. 이제 실권은 그에게 넘어왔다. 귀족파의 모든 명분까지도 말이다. 그에게 잘못 보인다면 자신들 역시 사지가 찢어지고 심장이 뚫린 채 죽을지도 모른다는 공포가 그들을 움직이게 했다.

그가 향하는 곳은 첩첩하게 포위된 본관이었다. 개미 새끼한 마리 빠져나갈 수 없도록 철저하게 포위되어 있었다. 그가 걸음을 옮기자 바다가 갈라지듯 좌우로 물러섰다.

그가 무표정하게 본관에 발을 내디뎠고, 힐데만 백작과 함께 반드시 제거되어야 할 두 명이 있는 집무실을 향해 걸어갔다.

"머, 멈춰라!"

몇 명의 기사와 병사들이 검과 창을 들이밀며 에라크루네스 백작을 위협했다.

하나.

서걱!

"크윽!"

땡그랑.

순식간에 불귀의 객이 되었다. 그들을 불귀의 객으로 만든 것은 그의 뒤를 따르던 기사들이었다.

와직.

기사들은 죽은 자들의 가슴에 손을 넣어 심장을 뜯어내고 있었다. 심장이 적출되자 비명조차 지르지 못하고 쓰러지는 병사들이었다.

"버려라!"

에라크루네스 백작의 명에 흑의 풀 플레이트 메일을 착용한 기사들은 들고 있던 심장을 지체 없이 버렸다. 심장은 아직 펄떡이고 있었다. 그에 그의 뒤를 따르던 귀족들은 얼굴이 새하얗게 변해가고 있었다.

콰앙!

콰드드득!

거대하고 육중한 문이 그대로 찢어지듯이 허물어졌다. 부연 먼지가 가라앉자 집무실 내의 정경이 한눈에 보였다. 르위스 공작과 삼왕자 그리고 그를 호위하는 열댓 명의 호위 기사들이 있었다.

"기어코……."

"배신이더냐?"

삼왕자와 르위스 공작의 노성이 동시에 터져 나왔다. 그에 에라크루네스 백작은 고개를 갸웃했다.

"배신은 당신이 먼저 했던 것 아닌가? 일국의 공작으로서 혹은 선대 국왕의 친동생으로서 그를 보필하지는 못할망정 외세를 끌어들여 내전을 일으킨 장본인이 나에게 그런 말을 하니 조금은 이상한 기분이 드는군."

"네놈이 감히……."

"감히? 감히라… 웃기는군. 아직 상황 판단이 안 되나 본데 말이야……."

"크윽!"

그가 말을 마치자 한 명의 흑의 기사가 번개보다 빠르게 움직여 나가 '감히'라는 말을 입에 담은 기사의 심장을 뜯어 꺼내 들었다.

흑의 기사는 말없이 에라크루네스 백작을 바라봤다. 마치 허락을 구하는 것처럼 말이다. 에라크루네스 백작은 그를 쳐다보지도 않은 채 고개를 끄덕였다. 그에 흑의 기사는 지체 없이 뽑아든 심장을 입으로 가져갔다.

으적! 으적!

그리고 거침없이 씹어 먹기 시작했다.

"웁! 우웨엑!"

그 모습에 삼왕자는 급기야 속을 게위내고 말았다. 더 이상 나올 것이 없을 때까지 그의 구토는 계속되었다.

"쯧. 왕자가 되어가지고 심약하기는."

"미친놈. 사람의 심장을 먹는 것이 제대로 된 것이라더냐?"

역시 르위스 공작이었다. 그는 아직도 기개를 잃지 않고 있었다.

"아! 뭐, 저들이 좀 과격하기는 하지. 하지만 당신도 별로 얼굴 표정이 바뀌지 않는군. 역시 왕좌에는 저 심약한 삼왕자 보다는 당신이 더 어울렸어."

에라크루네스 백작이 이죽이며 르위스 공작에게 말을 했다. 지금 상황이 아주 재미있다는 듯이 말이다.

"자아~ 그건 그렇고. 이제는 어떻게 해야 될까? 내 입장에서는 여기 있는 모두를 죽여야만 해서 말이지."

"미친놈. 네놈이 지금 무슨 일을 저지르고 있는지 아느냐?"

여전히 기세가 꺾이지 않는 르위스 공작의 말에 그가 짜증 난다는 듯한 표정을 지어보였다. 그러다 검을 털고 앞으로 한 발자국 내디뎠다.

"알고 있지. 너무나도 명백하게 말이지. 바로 이런 짓을 저지르고 있지."

쉬악!

그의 검이 움직였다. 그리고 그 검은 정확하게 여전히 헛구역질을 하고 있는 삼왕자의 목을 스치고 지나갔다. 그 순간 삼왕자의 목에는 붉은색의 실선이 생겨났고, 그의 신형이 힘 없이 앞으로 고꾸라졌다.

"이, 이노옴!"

그것을 지켜보고 있던 르위스 공작은 검을 뽑아 들고 앞뒤 가리지 않고 그를 향해 돌진해 들어갔다.

챙강!

에라크루네스 백작은 가볍게 검을 휘둘러 르위스 공작의 검을 베어내 버렸다. 그에 르위스 공작은 엉거주춤하게 서 그를 바라보았는데, 그 순간 그의 귓가에는 형언할 수 없는 비명이 들려오고 있었다.

르위스 공작은 주변을 둘러보았다. 자신들을 호위하고 있던 기사들과 자신을 지지했던 귀족들이 죽어나가고 있었다. 아주 잔인하게 말이다. 심장이 뽑히고, 팔이 찢겨져 나가고 있었다.

어떻게 죽이면 가장 잔인하다는 말을 들을 수 있을지 시범을 보이듯이 사람을 죽이고 있었다.

"이, 이… 미친놈아!"

"크큭! 듣기 좋은 말이로군. 미치지 않고 어찌 이 세상을 살아갈 수 있을까?"

저벅. 저벅. 저벅.

사방에 비명 소리가 가득한 가운데 르위스 공작은 자신을 향해 다가오는 공포스러운 발자국 소리에 자신도 모르게 뒷걸음질 쳤다. 항거할 수 없는 두려움 때문이었다.

"그럼… 죽어라!"

에라크루네스 백작의 검이 르위스 공작을 겨눴고, 검은색 빛이 르위스 공장의 심장과 머리를 관통했다. 공작은 정신이 아득해지며 무릎을 꿇고 말았다.

털썩.

눈을 부릅뜬 채 허물어지듯 무릎을 꿇고야 마는 르위스 공작의 신형이 느릿하게 앞으로 엎어졌다. 그를 잠시 무심하게 쳐다보던 에라크루네스 백작이 주변을 둘러보았다. 그때 몇 명의 기사들에게 끌려오는 이가 있었다.

"뇨, 뇨라! 내, 내가 누군지 아느냐?"

바로 르위스 공작이 끌어들인 카렐리아 제국의 파견 사령관 자이체프 자작이었다. 그를 바라본 에라크루네스 백작이 턱짓을 했다. 그에 흑의 기사는 그를 포박했던 팔을 놓아주었다. 그에 정신을 차린 자이체프 자작은 주변을 둘러보고는 화들짝 놀랄 수밖에 없었다.

"이, 이게 어찌된 일이요."

"보는 바와 같지."

제국의 파견 사령관이지만 에라크루네스 백작은 상관 없다는 듯한 표정으로 경어조차 사용하지 않았다. 그런 그를 보며 자이체프 자작은 항의조차 못 하고 있었으나 표정이 편치 않았다.

그는 본능적으로 현재의 상황이 어떻게 흘러가는지 알 수 있었다. 하나, 엄밀히 말하면 이것은 자신이 관여할 일이 아니었다. 그가 관여할 일은 제국과 르위스 공작이 맺었던 협약이 유효하느냐는 것이었다.

하지만 그것보다 먼저 드는 생각은 단 하나였다.

'거역하면 죽는다.'

제국의 귀족이면서도 그런 생각이 들 수밖에 없었다. 그만큼 자신의 눈앞에 있는 에라크루네스 백작의 기세는 대단한 것이었다. 마치 자신의 전신에 칼끝이 겨눠지고 있는 것 같았다.

"선택해야 할 것이야. 남을 것인지 회군할 것인지."

자이체프 자작은 바로 선택하지 않았다. 남는다면 살 수 있을 것이다. 하나, 회군한다면 결코 그냥 보내주지 않으리란 것을 직감할 수 있었다. 자이체프 자작은 손발을 덜덜 떨었다. 너무나도 잔인한 눈앞의 광경 때문이었다.

"나, 남겠소."

"훌륭한 결정이오. 군을 편입시키지는 않을 것이오. 하나, 귀군의 명령 및 작전권은 본작에게 넘어왔음을 인지해야 할 것이오."

그제야 가볍게 경어를 사용하는 에라크루네스 백작이었다. 그는 검을 수납하고 주변을 돌아본 후 입을 열었다.

"명일까지 깨끗이 치운다."

"명!"

명령과 함께 병사들과 기사들이 움직여 집무실 내부의 시체를 치웠다. 하나, 피 냄새는 여전히 집무실에 맴돌고 있었다. 에라크루네스 백작은 그 지독한 피 냄새에도 아무렇지도 않은 듯 중앙의 의자를 차지하고 앉았다.

그리고 미소 지었다.

"한 단계 더 올라왔군."

자신의 야망에 한 단계 더 가까워졌다.

그것으로 만족했다. 비록 피로 점철되었지만 뭐 상관있겠는가? 승리하면 모든 것은 묻힐 것인데. 그는 혼자만의 생각에 잠겨 있다 불현듯 자리에서 일어나 자신의 집무실로 향했다.

그는 자신만의 밀실을 찾아들었고, 빛을 토해내고 있는 통신 수정구에 마나를 불어넣었다. 그에 허공에 영상이 맺히며 마샬 후작이 모습이 보였다.

[일은 어찌 되었소?]

"장악했소."

[그렇군. 축하하오.]

"당연한 일이오."

짧게 이어지는 둘만의 대화였다. 하지만 이것이 본론이 아님을 알 수 있었다.

[백작을 북 카테인 왕국의 토벌군 총사령관으로 임명하는 바이오.]

"당연한 일."

당연하다는 듯이 별감흥없이 입을 여는 에라크루네스 백작이었다. 한데, 이들의 대화 중 이상한 것이 있었으니, 바로 북 카테인 왕국이라는 말이었다. 왕은 누구일까? 바로 마샬 후작이었다.

하나, 그는 스스로의 입으로 자신을 왕이라 칭하지 않았다. 자신은 카테인 왕국의 왕보다는 카테인 왕국을 점령한 나파즈 왕국의 왕이 되고 싶었다.

"허고, 군부는 어찌 되었소."

[그쪽 역시 마무리되었다. 다가오는 23일 왕도에서 만나 정식 임명장과 함께 발대식을 가질 것이오.]

"큭! 그런가? 하긴 명분만큼이나 형식 또한 중요한 것이니……."

에라크루네스 백작은 독백하듯 말했다.

바로 자신들이 카테인 왕국의 정통성을 이어받았고, 남 카테인 왕국은 강제적으로 왕권을 찬탈한 역적의 도당이 되는 것이었다. 곧바로 믿을 사람은 없지만 계속 주입하다 보면 그렇게 될 것이다.

북 카테인 왕국과 남 카테인 왕국.

그렇게 새로운 형태의 전쟁이 벌어졌다.

\*       \*       \*

[반란이 일어났습니다.]

라마나의 보고에 카이론은 묵묵히 허공을 바라봤다. 그의 막사에는 통신 수정구가 가동되고 있었다. 그 통신 수정구를 통해서 카이론은 현재 반대 세력의 정세를 보고받고 있었다.

"어떤?"

[귀족파는 온전하게 에라크루네스 백작이 접수했으며, 군부는 체스터 백작이 접수했습니다. 물론 블라드 유린 후작과 1왕자, 르위스 공작과 페르그노 백작, 힐데만 백작 그리고 삼왕자는 모두 죽었습니다.]

"……."

카이론은 인상을 찌푸렸다. 내분이었다. 분명 자신에게 좋은 현상이라 할 수 있었다. 그런데 전해져 오는 느낌상 그리 좋다는 느낌이 들지 않았다.

'뭐지?'

그때 라마나의 음성이 다시 들려왔다.

[그들이 마샬 후작의 휘하로 들었습니다.]

바로 불안감의 정체가 그것이었다. 셋으로 나뉘졌던 적이 하나로 모였다. 이전보다 더 어려운 상황에 처하게 된 것이었다.

[총사령관은 에라크루네스 백작이며 참모장은 체스터 백작입니다.]

"마샬 후작은?"

[스스로 칭왕은 하지 않았으나 왕이나 다름없는 권력을 지

니고 있습니다. 또한 그는 여전히 카테인 왕국의 재상이며, 그들의 영지를 북 카테인 왕국으로 명명하기 시작했습니다.]

"그렇군."

대수롭지도 놀랍지도 않은 말이었다. 그는 이미 왕으로서 모든 것을 취하고 있었으니 말이다. 그러나 의심이 드는 것이 있었으니 바로 에라크루네스 백작이었다. 그는 절대 자신의 머리 위에 누구를 두려 하지 않을 것이니까 말이다.

[모종의 협약이 있지 않겠습니까?]

마치 카이론의 생각을 읽고 있다는 듯이 입을 여는 라마나였다.

"모종의 협약이라……."

[어차피 마샬 후작은 아국을 수중에 넣으면 나파즈 왕국의 후계 1순위입니다. 지금은 잠시 주춤하고 있어 은인자중하고 있지만 말입니다. 그러면 어떤 형식으로든 에라크루네스 백작이나 체스터 백작에게 조건을 제시할 수 있었을 것입니다.]

"그렇군."

카이론은 간단하게 고개를 끄덕였다. 정치에서 그런 일은 비일비재하니까. 오늘의 친구가 내일은 적이 되어 나타나는 일이 어디 한두 번이던가? 그런 면에서 앞날은 모를 일이었다. 그들이 맺은 협약이나 동맹이 이 전쟁이 끝나고 난 후 어떻게 변질 될지는 말이다.

"전선이 늘어나겠군."

[어쩔 수 없습니다.]

카이론의 말에 침울하게 라마나가 답했다. 어쩔 수 없는 선택이라 할 수 있었다. 저들이 한데 뭉쳤지만 자신들은 어디에도 아군이 없었다. 다만, 백성들을 위한 정책을 펼쳐 백성들의 신망을 얻었기에 전쟁에 참여하기를 원하는 백성들이 많다는 것은 호재라 할 수 있었다.

"병력을 추가 징집해야 하겠군."

[어쩔 수 없이 그래야 할 것 같습니다. 더불어 예비군도 소집해야 할 것입니다.]

"그러도록 하지."

[또한, 병력을 집중시켜야 합니다.]

"어렵지 않겠나?"

[집중된 병력을 제외하고는 성을 중심으로 방어에 집중해야 할 것으로 판단되며, 성 밖의 마을 주민들은 철저하게 성 안으로 불러들여야 할 것입니다.]

"청야 전술인가?"

[완벽한 청야 전술입니다.]

"그렇게 하도록."

카이론의 명이 떨어졌다. 이제는 총력전이라 할 수 있었다. 남 카테인 왕국과 북 카테인 왕국으로 나눠져서 말이다.

결코 남 카테인 왕국에 유리하지 않은, 아니, 절대적으로 불리한 총력전 말이다.

　아무리 남 카테인 왕국으로 수많은 유민이 흘러들고 있고, 의지를 가진 이들이 몰려들고 있다고는 하지만 남 카테인 왕국이 전체의 3분의 2를 점유하고 있는 북 카테인 왕국을 대적하기에는 쉽지 않았다.

　하지만 해내야만 했다. 이제는 물러설 수 있는 곳이 없었다. 앞에는 적이고 뒤에는 천 길 낭떠러지임이 분명했다.

　"그렇다 하더라도 나는 승리한다. 반드시."


『워리어』 10권에 계속…